『ルノリアの奇跡』

ヴァレリウスは、すばやく両手を結び合わせて熱線をくりだし、怪物をまっぷたつに切り裂いていった。(204ページ参照)

ハヤカワ文庫JA
〈JA659〉

グイン・サーガ⑱

# ルノリアの奇跡

栗本　薫

早川書房
4721

THE RESURRECTED ROUNORIA

by

Kaoru Kurimoto

2001

カバー／口絵／挿絵

末弥　純

# 目次

第一話　曙　光……………………………一一
第二話　湖の風……………………………八一
第三話　湖上の死闘………………………一四九
第四話　復活の日…………………………二三一
あとがき……………………………………二八九

日は沈み、月がのぼり、月が沈み、日はまたさしいずる。
嘆くなかれ、男らよ、日没を。嘆くなかれ、おみならよ、月の没するを。
たとえ夜は夜通し嘆き悲しむとも、さしくる朝日に新たしき一日の始まるとき、
月は沈み、日はまたさしいずる。それは新しきはじまりなり、よみがえりなり。
——ルアー讃歌より

〔中原周辺図〕

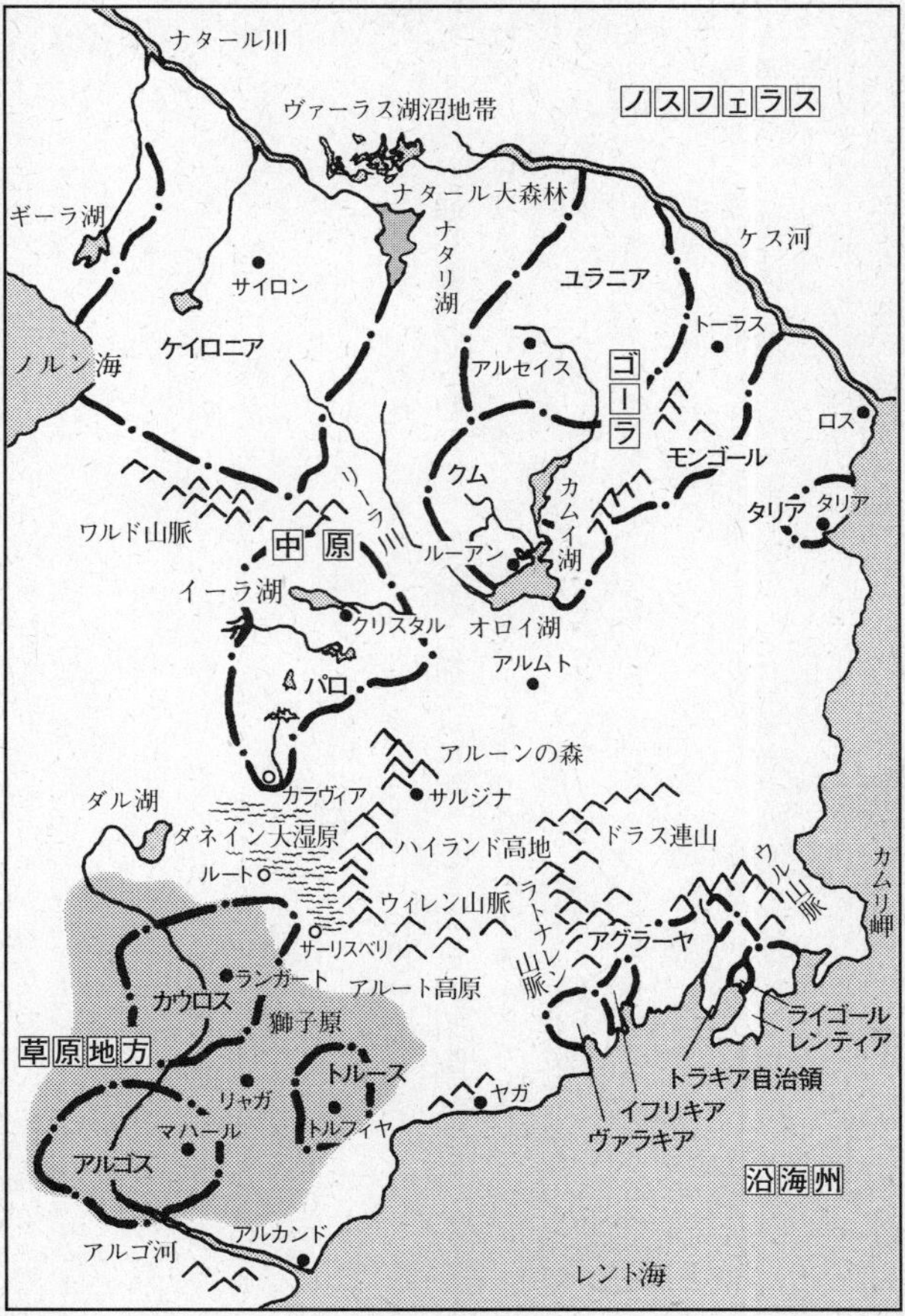

ナタール川
ヴァーラス湖沼地帯
ノスフェラス
ナタール大森林
ギーラ湖
ナタリ湖
ケス河
サイロン
ユラニア
トーラス
ケイロニア
アルセイス
ゴーラ
ノルン海
ロス
モンゴール
クム
カムイ湖
リーラ川
タリア
タリア
ワルド山脈
中原
ルーアン
イーラ湖
クリスタル
オロイ湖
アルムト
パロ
アルーンの森
カラヴィア
サルジナ
ダル湖
ダネイン大湿原
ドラス連山
ハイランド高地
ウル山脈
カムリ岬
ルート
ラトナ山脈
ウィレン山脈
サーリスベリ
アグラーヤ
ランガート
アルート高原
カウロス
獅子原
ライゴール
レンティア
草原地方
トルース
トラキア自治領
リャガ
ヤガ
イフリキア
マハール
トルフィヤ
ヴァラキア
アルゴス
沿海州
アルカンド
アルゴ河
レント海

〔パロ周辺図〕

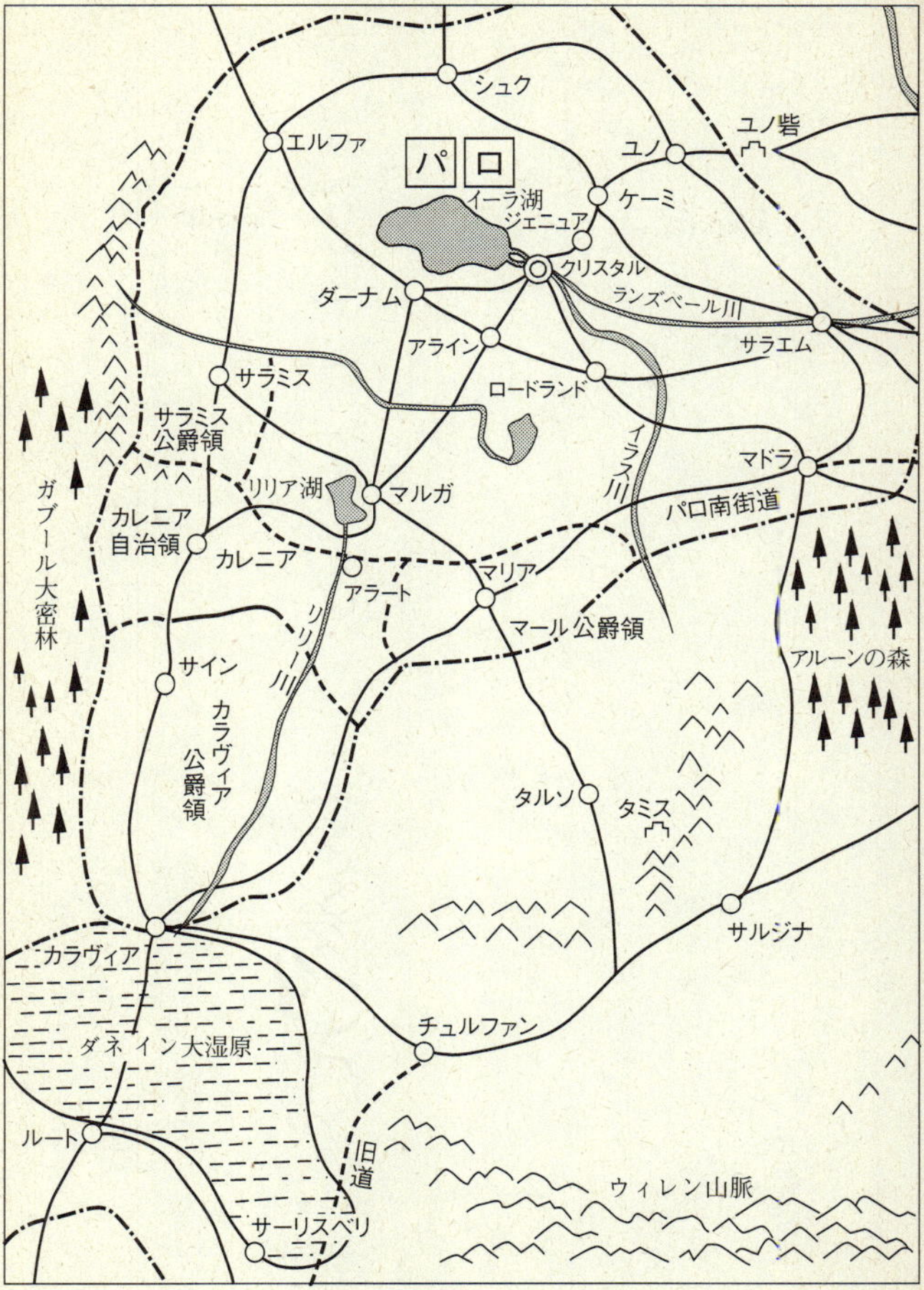
シュク
エルファ
パロ
ユノ砦
ユノ
ケーミ
イーラ湖
ジェニュア
クリスタル
ダーナム
ランズベール川
サラエム
アライン
ロードランド
サラミス
サラミス公爵領
イラス川
マドラ
ガブール大密林
リリア湖
マルガ
パロ南街道
カレニア自治領
カレニア
アラート
マリア
マール公爵領
リリー川
アルーンの森
サイン
カラヴィア公爵領
タルソ
タミス
サルジナ
カラヴィア
チュルファン
ダネイン大湿原
ルート
旧道
ウィレン山脈
サーリスベリ

# ルノリアの奇跡

**登場人物**

**アルド・ナリス**……クリスタル大公
**ヴァレリウス**………上級魔道師
**ヨナ**…………………王立学問所の教授
**スカール**……………アルゴスの黒太子
**ルナン**………………聖騎士侯
**リギア**………………聖騎士伯。ルナンの娘
**ロルカ**………………魔道師
**カイ**…………………ナリスの小姓頭
**ラン**…………………古代機械の研究者
**ローリウス**…………パロのカレニア伯
**イェライシャ**………ケイロニアの白魔道師。〈ドールに追われる男〉
**グラチウス**…………〈闇の司祭〉と呼ばれる三大魔道師の一人
**ユリウス**……………淫魔

# 第一話　曙光

# 1

「ヴァレリウス……さま……」

誰の口からもれた叫びであったのか……

天幕のなかは、異様な静寂に包まれていたゆえ、それは、あるいは、ただのつぶやきが絶叫とさえきこえたのかもしれぬし、魔道師たちにとっては、その心話がまるで天幕をゆるがすほどの大声にきこえもしたのかもしれぬ。

「ヴァレリウスさま……ヴァ……ヴァレ……」

うめくようにふたたび云ったのは、カイであった。

天幕のまんなかあたりに、黒いもやもやとした——懐かしい、魔道師出現を告げる《閉じた空間》の靄が誕生し、それが、見慣れた経過をたどってしだいに人間のかたちに凝固してゆく。

魔道師たち——そしてヨナとカイとは、息をすることさえ忘れたかのようにそれを見つめていた。そして、黒いマントが——かぎりなく懐かしい、魔道師のマントがかたちをとり——そのフードをはねあげてヨナにするどく輝くまなざしを向けたのは——

「ヴァレリウスさま！」

ヨナは力のぬけたからだから、力をかきあつめるようにして、走りよろうとした。だが、足がもつれてよろめき、カイに支えられなかったらひっくりかえってしまうところだった。それほどに、おそろしいほどに精神を集中して、このおそるべき展開に耐えていたのだ。

「ヨナ」

ヴァレリウスの唇が動いた。

「ロルカどの、ディランどの。——とりあえず結界のなかは清浄化されました。もう、大丈夫です」

（もう、大丈夫……）

そのひとことをきいたとたん、こんどはカイが崩れ落ちそうになる。天幕のなかは、まるで、恐しい嵐に吹きまくられたあとの浜辺のようになっていた。

「だがまだ結界はとかないで下さい。竜王はまだ虎視眈々とこちらをうかがっている。結界内部に入っていた竜王の触手、尖兵はすべて消滅させましたが、なにしろ敵はヤンダルだ」

ヴァレリウスはもう完全に実体化して、ふわりとマントをひるがえしてそこに立った。ちらりと祭壇のほうに目をむけたが、いまはそれどころではない、といいたげに、またヨナたちに目をもどす。

「外は――竜騎兵たちがあらわれることは計算のうちに入っていましたが、あの巨大化しているのは少々計算外だった。だが心配はご無用。なにしろ外は、《ドールに追われる男》が守ってくれている。彼なら、ヤンダル当人にでも立ち向かえる」

「お帰りなさいませ」

ヨナはようやくおのれを取り戻したように、青白い顔でほほえんだ。ヴァレリウスは大きくうなづいて、近寄っていってヨナの手をにぎりしめた。

「御苦労をかけた、ヨナどの。いろいろ大変だったでしょう」

「まだ、終わってはおりません。何ひとつ」

ヨナは答えた。ヴァレリウスの灰色の目と、どこか似通った輝きをもつヨナの目があった。

「それはそのとおりだ。だが、最大の懸念はみな焼き払った――この状況のなかではまだ、お目覚めいただくわけにはゆかないが、少なくとももう、何もかもこちらの動きが敵方につつぬけになるおそれはない」

「結界はいまどのていどまで？」

ヨナはきいた。

「一応、ロルカどのたちに力をあわせてもらって、天幕の周囲二十タッドていどにははり巡らしてある、これはヤンダル当人といえどもそうかんたんには破れないはずの結界だ」

ヴァレリウスは説明した。

「そのさらに百タッド内外の範囲で、もうちょっと薄い結界が張ってあるが、これは、ちょっと力のある魔道師なら、その気になって力をそそげば破れる程度のものなので——とにかく、最大の焦眉の急は、この地をはなれ、ちょっとでもクリスタルから遠ざかることだと思う」

「クリスタルからはなれれば、確実にヤンダルの制御する力は弱まりますか」

「そのために、こんな綱渡りをもくろんだのだから」

ヴァレリウスは多少、苦笑まじりに祭壇のほうをふりかえった。

「私の部下に命じていま、タウロ以外にも、また、魔道師でないものもすべて、ヤンダルに《種子》を埋め込まれた者を調べさせ、消去させている。それが完了すれば、わが軍は清浄化される——もう、そう簡単には、ヤンダルといえども入り込めなくなるだろう」

「大変でしたね……まだ何も終わってはいませんが」

ヨナは思わず深い吐息をもらした。

「いや、これからもいろいろと大変だろうとは思いますが。しかしとりあえず最大のヤマ場はすぎたと考えてよろしいのでしょうか」

「一応、そう願いたいな」

ヴァレリウスはうなづく。

「ともかく、いまのままでは、こちらの軍の内部にあちらの出店をかかえこんだまま移動していることだったのだから。タウロはわかりやすかったが、ほかにもかなり大勢あちらが入り込ませた手先がいる。それがいるかぎり、それを通じてヤンダルはいともかんたんに我々をあしらい、あやつり、自分の側の力を送り込んでこられるようになっていた。——もうちょっとだ、ヨナどの。もうちょっとで、ヤンダルのあやつる糸をすべて断ち切って、自由の身になることができる。それまでは、ナリスさまにはもうちょっとご辛抱いただかねば」

「ナリスさまのことは、私とカイでお引き受けします。ヴァレリウスさまは、心おきなく、対ヤンダルの総指揮を」

「ああ。そう頼む、ヨナどの」

ヴァレリウスはあわただしく立上がった。

「ロルカどの、ディランどの。——それではただちに、作戦の続行を。ひとつでも、例の種子が残っていれば、それからまた伝播してヤンダルの手先がわが軍のなかに増殖することになる。そうしたらこれだけの苦労も水の泡だ。早速すべての人員の洗い上げと、種子を植込まれたものを一人残らず集めて——イェライシャ導師なら、種子を抜き取ることがお出来になりますから」

魔道師たちはうなづいて、そのまま、影のように天幕の外へ姿を消した。ヴァレリウスもまた、ヨナにかるくうなづきかけてそのまま姿を消してゆく。魔道師たちが消えると、その動きでかれらがはりめぐらしていた天幕の周囲の密な結界に一瞬のゆらぎが生じたかのように、ヨナの耳に、天幕の外のさわぎがとどいてきた。天幕の外には外で、かなりの大騒ぎが持上がっているようすがまざまざと感じられる。

「カイ君」

ヨナはふうっと、珍しい溜息をついて、椅子にくずれるように腰をおろした。

「すまないが、何か飲み物をもらえませんか。——なんだかすっかり疲れてしまった」

「はい、ただいま」

カイがすばやく立上がってカラム水を持ってきて差し出す。ヨナはそれを受け取って、すすり、やっと人心地がついたかのようにみえた。そのこわいほど蒼ざめていた頬に、ようやく多少の血の気が戻ってきた。

「ああ、よかった……タウロが、というかやつがディランどのにとりつこうとしはじめたときには、どうなることかと思った」

「……………」

カイには、魔道のたたかいのこまかな部分はまったくわからない。おとなしく、盆を手にして、ヨナのことばをきいている。だが、カイの頬にも血の色がよみがえり、そして、その目は、ずっとおさえにおさえていたかすかなきらめきを宿しはじめていた。

「むろん、タウロがやつの手先としていろいろなものごとをあやつっていることはわかっていたが——そのままここに、きゃつに入り込まれてしまったら、さすがの私も……もうおしまいかもしれないと思った」

珍しく、ヨナは饒舌であった。よほど、この激しくはりつめきった、極限の体験に、神経が参っていたのだろう。

「ヴァレリウスさまが間に合って下さって、よろしゅうございましたよ」

カイがかすかに微笑んでいった。ヨナは首をふった。

「私たちは、そんな、いちかばちか、などという危険なことをするタイプじゃない。間に合うなんてことは問題外だった。ヴァレリウスさまはずっとようすを見ておりをうかがっておられたんだから。ただ、私が参ったのは……タウロを媒体にしてこの結界のなかに入り込んでこようとした、あの怪物の力が思ったより数倍も強いなと感じられたことだったな」

「そんなに……」

「だが、やっぱり、我々の思っていたとおりだった。ヤンダルだって、全知全能なわけでもなければ、何もかも——パロ魔道師ギルドが全員でよってたかってもまったく鎧袖一触なほどに何もかも太刀打ちできないほどのすさまじい力を持っているわけでもない。ちゃんと、一人の黒魔道師としての限界もあれば、制約もある。ただ、きゃつは、たくみに立回って、そうじゃないように見せかけて我々におそれを植え付けていたんだ」

「……」

「最初にそれに気づかれたのはむろんナリスさまだったけれど……でも、それを口に出すことさえも、きゃつらにはお見通しというありさまだったので、本当に参った。どこで誰にどういうことばを中継されているか、きかれてしまっているかわからないままで、どのくらいあちらの手先が入り込んでいるのかもわからないままで戦ってゆかなくてはならないのだから」

「何もかも……あちらの思ったとおりにしむけられていたのですね、ルーナの森にいたるまでの私たちは」

カイは恐ろしそうに身をふるわせる。ヨナは大きくうなづいた。

「そう、すべてがヤンダルの思ったとおりに。――我々はヤンダルの操る人形だった。ナリスさまはなんとしてでもそこから脱出しなくては、とそれだけを必死に全知全能をふりしぼって考えておられたけれども……たとえヴァレリウス宰相がおいでになったところで、宰相だけでは、とうてい……ヤンダルの力には……」

「全知全能ではない、といまおっしゃったけれど、それでもやっぱりそんなにすごいんですね。あいつの力は」

カイがくやしそうにいった。

「それはもう……だが、全知全能なわけじゃない。いかにそう見せかけようとしても、もう我々はだまされない。……でも、本当によかったと思うことがひとつだけあるよ、カイ」

「何でございますか、ヨナさま」

「ひそかにとてもロルカたちや――カロン大導師が恐れていたように、ヤンダルの力の支配を抜け出すために、〈闇の司祭〉の力を借りなくてはならない、という状況にならなくてすんだ、ということだよ」

「ああ……」

「結局のところ、黒魔道師は黒魔道師だということに、何の違いもないのだから。……ヤンダルのたくらみからのがれるためにうかうかグラチウスの力を利用していたら、たぶん――

ヤンダルから逃れたかわりに〈闇の司祭〉にあやつられる、ということになっていたと……」

「私にはとても、理解できないようなお話ですけれど……」

カイはほっと息をついた。

「この世には、なんだか、恐しいことがたくさんあるんですねえ。……こうやって、ふつうに生きているのが怖くなってしまいます」

「大丈夫だよ、カイ」

ヨナはかすかにほほえんだ。

「これが最大の——ナリスさまの反乱はじまって以来の最大の窮地だった。そして、それをなんとかこうして切り抜けたからには——我々は必ず勝つ。もう大丈夫だ……まだ、本当に安全な場所にたどりついたわけではないけれども、ヴァレリウスさまの計略も図にあたったし、ヴァレリウスさまも戻ってこられた、そして何よりも、もうわれわれには——偉大な白魔道師がついている。もう一方的に黒魔道師どもの陰謀におしまくられていることはなくてすむよ。……ナリスさま」

ヨナはつと、祭壇のそばによって、棺のなかにしずかに眠っているナリスのかたわらに寄り、そっとのぞきこんだ。その顔に、いとおしげな安堵の表情が流れた。

「もうちょっとでお目覚めいただいても安全な場所にお連れできます。……次にお目ざめになったときには、もう、ナリスさまは、ナリスさまの王国にいらっしゃるはず。——ナリスさま。成功いたしましたよ、私たちは……あとちょっとです。あとちょっとのご辛抱です」

カイは奇妙な感動にうたれたように、そのヨナを見つめていた。ヨナはそっと感謝の印を切り、聖句をつぶやいた。その目にかすかに光るものがあった。天幕の外で、ふたたびわあっとただごとならぬ声がおこる。

「見てまいりましょうか」

「いや、ここにいたほうがいい。この天幕のなかがいまもっとも安全だ。ここからはなれるな。私たちの仕事はもうほとんどすんだからね、カイ。……これから先の、私たちのもっとも重大な仕事はひたすら、ナリスさまのおそばにつきそい、カレニアに無事到着して、ナリスさまのご無事のお目覚めまで、見守っていてさしあげることだと思うよ」

＊

いっぽう――
天幕の外でも、そちらはそちらで大変なさわぎがまきおこっていたことはいうまでもなかった。
巨大化した竜騎兵――竜頭人身の怪物たちの群が、カレニア軍、サラミス軍、クリスタル義勇軍に森のなかからぬっとあらわれておそいかかり――最初は腰をぬかさんばかりに仰天したものの、勇敢な指揮官たちの叱咤で勇気をふるいおこしたナリス軍の勇士たちは、必死の勢いで剣をふるい、矢を射かけて竜頭人身の怪物たちにたちむかっていたのだが――

スカールもまた、このさまをみて、おのれの身辺に残しておいた草原の騎馬の民をとりまとめ、リギアを護衛させる分だけ別にして、この怪物どもを相手に戦おうとしていた。最初はさしもの黒太子もわが目を疑ったが、このところずっときかされていたぶきみな話は、怪異とは縁のうすい草原の民の心にもようやくしみとおっていた。

「これが、そうか！」

スカールはおっとり刀で馬にとびのりながら叫んでいた。

「こやつが、ナリスのいっていたキタイの侵略の実態か！」

さしものアルゴスの、きっすいの草原の男にも、これほどまでに目のまえで見せられる怪異とあっては、もはや信じないわけにはゆかぬ。というよりも、信じるの、信じないのと言合っているような状態ではなかった。怪物は目の前に存在して、こちらにむけて襲いかかってきているのだ。

竜頭人身の怪物たちは、のっしのっしと木々をへしおりながら森のなかからあらわれ、ナリス軍にむかっておそいかかってきた。それらは武器としては、巨大な槍と剣を手にしているだけで、べつだん火を吐いたりするわけではなかったが、その、通常の人間の何倍もあるような巨大さだけで充分に脅威であった。その数にしておよそ百ばかり——だが、その威力はすさまじく、その巨体でふるう刀がひとたびあたれば、いっぺんに数人の騎士がふっとんだ。勇敢にもかれらにむかってつっかかっていったサラミス軍、カレニア軍の勇士たちが、なすすべなく空中を舞って大地に叩きつけられるさまを、サラミス軍をひきいるサラミス公ボース、カレニア軍司令官ローリウス伯爵、そしてクリスタル義勇軍をひきいるカラヴィアのランたちは茫然と見ていたが、むろん、ただ手をこまねいて見つめているだけではなかった。

「ボースどのに連絡をとれ。ヨナ参謀長に伝令を」

ローリウスは必死に叫んでいたし、ランはランで、さすがに正規軍と違って浮き足立ってしまったクリスタル義勇軍をとりまとめるのに必死であった。

「おそれるな、おそれるな！　きゃつらこそ、われわれの同胞のかたきだぞ！　友達のかたき、家族のかたきだ！　死をおそれるな、きゃつらを一匹でも倒して死ね！」

決死のランの叫びに、最初に数人が逃げ出すのをみてどっとくずれたちかけたクリスタル義勇軍もようやく多少落着きをとりもどして、（そうだ、どうせ死ぬのなら……）とばかりに、またランのまわりに結集してきている。

スカールはそのさまを、ちょっとはなれたところから、馬上からざっと見回した。

「なかなかの見ものだな、あの化け物め」

かたわらにつきしたがう小姓――ター・ウォン、タズトなきあと、いろいろととりかえてきて、いま一番気に入りのムイリンに苦笑しながら洩らす。その口吻はすでに落着いていた。

「まったくでございます」

スカールが気に入るほどあって、二十歳の小姓のムイリンもなかなか落着いている。

「これは、まことに、竜の化け物だ。――ナリスのことを、夢物語だ、詩人の妄想だとさんざあざけったことは、わびねばならぬようだ。これはまさしく、悪夢の到来だ」

「で、ございますねえ」

「こんなやつらが草原にあらわれたら、草原の連中は恐慌をおこしてどうにもならぬだろうな。……われらはこんなしろものには馴れておらぬ」

「馴れているものがおるのでございましょうか？」

「いるさ、パロの連中なら、まあ、さまで驚きはすまい。——だが見ろ、ムイ——きゃつらの鎧には矢はきかぬようだが、あっちのやつは腕のあたりから白いどろどろしたものを流している。あれがきゃつらの血なのだとすると、一応あの怪物どもも生身だぞ。生身であれば、恐れることはなにもない。いかにでかかろうと、力があろうと、いずれは力でまされば倒せる」

「さようで……」

「ムイ、いま俺の手勢は何人いる」

「かなり、先送りにしてしまいましたので、太子さまの精鋭だけで五十、いま、リギアさまの護衛に二十五さいて、わたくしをいれて二十五」

「充分だ。二匹も倒せばきゃつらも多少はおじけづくだろう。倒し方を研究して、うまく倒せばサラミス軍もカレニア軍もパロ人にしては格段に勇敢な連中だ。ついてくるだろう。問題は……」

「問題は？」

「倒し方がなかなかよくわからんというところだな」

スカールはニヤリと不敵な笑みを、漆黒のひげの口元に浮かべてみせた。

「ただのけだものなら、それなりなのだが、あのよろい姿といい、剣をとるようすといい、どうもきゃつらは一応ちゃんと人間の知性はそなえておるようだし、また困ったことに、一応武道の心得も仕込まれているようだ。そこが一番やっかいだが、なんとかなるだろう」

「御意！」

「ムイ。ついてこい。他の連中にも、ゆくぞと伝えろ。俺からはなれるなといえ」

「かしこまりました」

「くそ、ここらあたりは足場がことに悪いな。せめて、もうちょっと開けていれば——森のなかでは、それはあちらのほうが有利に決まってるが……」

スカールの目がぎらりと輝いたところをみると、なんらかの思案はとりあえずかたまった模様だ。

と見てとって、ムイリンが采配をさしだすと、スカールはさっとそれをつかんだ。

「行くぞ、ムイリン」

「はい、太子さま！」

「きゃつらめ、とりあえず、広いところへおびきだして、とりこめて片付けてやる」

スカールはぴしりと愛馬に鞭をあてた。あたりは、怪物たちが出てきたふかい森のなかよりはちょっとひらけているが、それでもそこかしこに深いしげみがあり、森がきれて草原に出たとは言い難い。スカールは地勢を考えながら、どうやって一番手近の怪物をおびきよせておのれの望むような、大勢でとりこめられる広い場所へひきよせてゆくか策を練りつつ、すでにサラミス軍とカレニア軍とが決死のたたかいをくりひろげている森のなかへ駆け入ろうとした——

そのときであった。

「わああっ！」

「な、なんだ、あれは！」

ふいにまた、ナリス軍の口から、口々に激しい悲鳴があがったのだ。

「また——また怪異か？」

「あれは——あれは！」

またしても——

いつのまにか、空中に、巨大な眼球の月があらわれている。

それは、かなり血走った感じになって、異様な憎悪をはらんで地上を見下ろしている——

その、眼球にむかって！

ふいに、向い側の中空に、白いひらひらした道服をまとい、長いまがりくねった杖を手にした一人の老人の姿があらわれた。

と見たとき。

その老人の手があがり、その杖を投げ槍のようにかまえたかと思うと、ヒョイとそれを眼球にむかって投げつけたのだ。

「ギャーーッ!」

その刹那。

眼球の月のどまんなかに、その杖が突き立った。

次の瞬間、眼球の月は消滅した。あとには、なにごともなかったかのようなただのいつもの夜空があるだけ——

とたんに、ふしぎなことがおこった。

「見ろ。やつらが——縮んでゆくぞ!」

「あやかしだ! あやかしだったんだ」

ナリス軍は口々に絶叫をほとばしらせた。

森のなかからぬっと立上がってかれらをおびやかしていた巨大な竜頭人身の群は、その眼球の月が消滅したその瞬間、文字どおり、一気に小さくちぢみはじめていた。それでもまだ、充分に大きくはある——だが、それは、ランたちがすでにアルカンドロス広場で見た、あの折の竜頭の兵士だった。しかも、いまは、騎馬でもない。

「まやかしだ!」

「本当はわれわれとそれほど大きさは変わらなかったんだ! それが、まやかしの力ででかくされていたんだ」

ここぞとばかりランはふるいたった。伝令を走らせ、おのれの軍に檄を飛ばした。

「敵のまやかしは破れたぞ！　いまだ、かかれ、いっせいにかかれ！　敵は百人そこらの小勢だぞ！」

「まやかしだ、まやかしだ！」

「恐れるな！　たとえ竜頭でも、相手もただの人間だぞ！」

いっせいに――

カレニア軍も、サラミス軍もふるいたつ。

それをみて、スカールは、おのれの精鋭をとどめた。

「止れ。もういい」

「太子さま……？」

ムイリンがけげんそうにスカールを見上げる。スカールはうなづいた。

「どうやら、これもキタイの幻術のたぐいと見た。多少異形でも、あれだけの人数なら、相当の勇者であろうと多少普通よりでかかろうと、ナリス軍もおくれはとるまい。もう、我々が参戦する必要はなくなった。リギアのもとに戻る。――いっそこのままかけとおして、先にこの場をはなれることにするか。それもいいな。もう、このまやかしにも、この国そのものにもこりごりだ」

## 2

わあっ、わあっ――

激しい叫び声と戦いの物音は、しかし、急速に終熄にむかいつつあった。

スカールのいったとおり、多少普通よりは大きくとも、強くとも、所詮、百人対数千人なら、どうなるものでもなかった。竜の戦士たちは、それに、おのれを巨大化してくれる眼球の月の庇護を失ってかなり狼狽しているようであった。互いをふりかえりあって、指図を求めているようでもあったし、なかには現実に、森の奥のほうへまた逃げ込んでゆこうとするものもいた。それを、うらみかさなるサラミス、カレニア、クリスタル三軍の勇士たちが追いすがって取り囲んでせめたてた。白い血をまきちらして竜騎兵たちが倒れてゆく。最初の一人がついにほふられて倒れたときには、すさまじい歓声があがって、ナリス軍の士気はおおいにあがったが、そのあと二人、三人とたおれてゆくと、ナリス軍はもはや、相手のそのおそるべき異形には動揺しなかった。

「たとえ、竜頭でも、ただの人間だぞ――」

「見かけはああでも、倒せるぞ……大丈夫だ、勝てるぞ！」

「クリスタルのとむらい合戦だ……」

叫びあいながら、しだいに包囲の網をちぢめてゆく。十人、二十人で囲まれた竜騎兵たちは、必死に戦ったが、なすすべなくひとり、またひとりと斃されてゆく。その勝利のひとつひとつが、ナリス軍に激しい自信と歓喜をもたらした。

もう、眼球の月はあらわれなかった。かわりに、ちょっとはなれた中空に、まるでそこに大木でもあってその枝にこしかけて下のようすを見ているかのように、白服、白髯の老人が、杖をとりもどして腰をおろしていたが、それはもう、ナリス軍は気にとめているゆとりもなかった。それに、眼球の月をその老人の杖が消滅させたとたんに竜騎兵がこのすがたに戻った、ということは、まさしくその老人が、ナリス側の味方であるにちがいないと、かれらに知らしめていたのだ。その点では確かに、パロの民であるかれらは魔道に馴れていたともいえる。

竜騎兵たちはくずれたち、なんとか森へ逃げ込もうと浮き足立ちはじめていた。といってもともと、ちゃんと隊列を作っていくさをしかけてきたというわけでもなかったので、孤立してしまうともう、かれら自身もどうすることもできぬようだった。そうしているあいだにしらじらと夜があけかけていた——またしても、長い狂おしい夜がひとつ終わって、理性の夜明けの光がさしそめてきていたのである。

「司令官！」

副官のひとりのガルが、ランに注意をうながした。

「きゃつらが……見て下さい、きゃつらの死骸が……とけてしまいます」

ガルのいうとおりであった。切り倒され、白い血を流して朽木のように倒れた竜騎兵の死骸は、朝日をあびると、さながら闇の妖怪変化そのまま、というように、どろどろととけくずれてゆこうとしていた。

「き、気味の悪いやつらですね！」

「やっぱり、キタイの化け物なんだな」

ランはつぶやいた。

「ナリスさまのおっしゃったとおりだ。もう、誰ひとり信じないわけにはゆかないだろう——キタイのやつらはこんな怪物をクリスタルに持込もうとしていたんだ」

ナリス——という名を口にだしたとたんに、ずっとこの修羅場にまぎれて忘れていた胸のいたみがずしりとのしかかってくるような気がする。だが、そうしているいとまもなかった。

「ヴァレリウス宰相閣下よりの伝令でございます！」

かけつけてきた伝令の名乗りが、ランをはっと我にかえらせたのだ。

「なんだと。何といった」

「ヴァレリウス閣下より伝令！　ヴァレリウス閣下より……」

「宰相閣下は、お戻りになっているのか」

ランは怒鳴った。みるみる、まわりのものたちが激しくふりむいた。同じようなさわぎは、カレニア軍の司令部でも、サラミス軍でも、おこっていたに違いない。

「はい。たったいま、お戻りになり、すでにすべての指揮をとられておいでになります——」

「戻られた——ヴァレリウスさまが……」

奇妙なことに——

そのことばは、ランの胸に、云い知れぬ安堵と脱力感をもたらした。もともとさほど人望のあったはずでもないヴァレリウスであったから、ラン自身も思いがけないほどの、説明のつかぬ安堵であった。若いヨナひとりがこの軍をひきいてまとめていることに、どれほど、みなが危惧とおそれを抱いていたかが、あらためて感じられるような気がして、ランはそっと息をついた。

「聞こう。ご命令はなんだ」

「竜騎兵を全滅させてはならぬ。少なくとも最低二兵は生かしてとらえ、その素性、本性、能力などを調査するための捕虜とせよ、ということでございました。それによって、こののちの戦いぶりに大きく影響がでてくるだろう、とのおことばで……」

「おお」

急に、胸のうちがまたひとつ大きく開けてくるように思われた。すでに、ヴァレリウスのほうは、この一戦は完全にこちらの勝利に終わったものと考えて、その後の展開について考えているのだ、ということが、異様なほどに頼もしく感じられた。

明けてゆく森のなかで、竜騎兵たちはもはやちりぢりになってクリスタルのかたをさして落ち延びようとしているようだ。ランはナリスのもとにもたらされた、アムブラからの報告を思い出した。それは、まさにランが伝令からきいて、ナリスのもとに報告させたものだった。

「竜頭の怪物どもは、アルカンドロス広場でアムブラの民を蹴散らし、老若、男女、子供であるかないかをとわず多大の犠牲者を出したのち、なぜか突然アムブラの各路地に入って消滅しました」

そう報告したのはまさしくランだったはずだ。

ふいに、ランは多少はっとしたように顔をあげた。

「どうなさいました。司令官」

「ウム……これは……これはもしかして……おかしいかもしれない。どうして気がつかなかったんだろう。……そうだ、きゃつらはいつも、忽然とあらわれ、忽然と消滅する……あれだけ目立つやつらが、どうして、そこにくるまではまったく誰にも見咎められることもなくあらわれて——いまだってそうだ。あの巨大な図体の竜どもが、いったいどこに——この森のどこに隠れていたんだ。……魔道師の《閉じた空間》で送り込んでこられたわけじゃない……それなら、魔道師たちが波動を感じるはずだろう。そうじゃないとすると……それに、あのアムブラで消えてしまったときの消え方は……」

「ラン——?」

副官といえど、もともとはアムブラの仲間だ。

けげんそうに見守るのも気づかず、ランはいきなり大きく拳でもういっぽうの手のひらを叩いた。

「そうか、わかったぞ！――ガル、あとを頼む。もう、きゃつらは浮き足だったし、それにサラミス軍、カレニア軍のほうがなんといっても俺たちよりも訓練されている。竜どもはもう、かれらにまかせておいても――俺はちょっと、ヨナに会っていいたいことがある。いや、そうか、ヴァレリウスさまがおいでなんだ。ではヴァレリウスさまにだ」

「は、はい」

ガルはよくわけのわからぬままにうなづく。ランはそれへ、久々の――まるでずっと長い長いあいだ忘れていたように思われるゆがんだ笑顔をむけた。

「俺たちはだまされていたんだ。――ガル、お前はクリスタル義勇軍をとりまとめ、負傷者を手当し、何人やられたか、いつもどおりまとめておいてくれ。たぶん俺の考えに間違いなければ、このままわれわれナリス軍はまっしぐらにカレニアへむかうはずだ。いつでも出立できるよう、いつでも奇襲があればむかえうてるよう隊列をととのえさせて待機していてくれ。俺はヴァレリウスさまにお話がある」

「はい、司令官」

ランは馬をかって、飛出した。もう、あたりは味方だけだ。護衛の兵さえもつけない。

本陣の天幕に近づいただけで、ランの心臓が激しい音をたてて鳴り出すような気がしたが、ランはそのまま馬をおりて、本陣を守る騎士たちにかるくうなづきかけて天幕に入っていった。が、そこで、目を見張った。すでに、そこには、サラミス公ボース、カレニア伯ローリウス、そしてワリス聖騎士侯もひかえていたのである。すでに、軍議の席がつくられ、ランの席ともうひとつがあいていて、そして、その正面には——

「ヴァレリウスさま！」

ランは叫んだ。

「お帰りなさいませ。——いきなりですが、私の考えを申上げてよろしいでしょうか！」

「ラン隊長」

ヴァレリウスは落着いた目をランにむけた。ヨナはもう、すっかり、本家本元がやってておのれの代理任務は終了したといいたげに、落着いてヴァレリウスの左側にしずかにかけている。ロルカたち、魔道師たちはそのさらにうしろに黒い壁のように並んでいた。

「大体、いいたいことはわかると思いますが——それはどのようなことで？」

「あの竜の怪物どもです。——あいつらとぶつかるのは私は二回目です。一回目はアルカンドロス広場で、そのときはやつらは馬にのってわれわれの仲間をさんざん虐殺してから、アムブラへわれわれを追込んできて、それでいて、ワリス侯の騎士団が追っかけてきたら、アムブラのあちこちでいきなり消滅してしまった。——今度もそうです。あの、目玉の月が消えたらきゃつらはいきなり小さくなり——それから、また——殺された死骸が目のまえでとけてしまうのを私は見ました。あいつらは、通常の出現のしかたをしてるのじゃない。あいつらは、たぶん、なんらかの方法で、キタイの竜王が送り込んだり、また消滅させたりしてるのだと……」

「それについては、いまから、ご説明しようとしていたところだ。ランどの」

ヴァレリウスはかすかにほほえんだ。

「だが、いいところに着目してくれた。おかげで話がしやすくなる。——だが、ともかくかけて下さい。そして、まずは、紹介したいかたがいらっしゃる」

「紹介……？」

ランは小姓がひいてくれる床几にかけた。まだ、かれらのうしろに、ひっそりとカイがよりそって守っている不吉な祭壇が影のように存在していたけれども、奇妙なくらい、それは、もうかれらナリス軍の心をうちのめさなかった。何かが違っていた——まるで、夜があけて朝の光が本当の地上を照し出したかのように、かすかな理解と——そして、本当の希望とがかれらをとらえはじめていて、もうかれらはほとんど絶望してはいなかった。何かを予期していた、ともいえる。

「ルナン侯もいま、こちらへむかわれている」

ヴァレリウスの言葉がさらに、かれらを低くどよめかせた。

「ルナンさまは——ご無事で？」

「そうご無事でもない。少々戦いで負傷されているが——が、ベック軍をくいとめていて下さったおかげで、非常に役にたった。まもなく、こちらに合流されるだろう——リーナス軍のほうはすでにクリスタル・パレスに入り、クリスタル・パレスは外に出ていた軍勢をみな、ベック軍もあわせて、収容して——とりあえずすべての城門をとざそうとしている、という報告がきている」

「門を……」

「順をおって話そう。だがそのまえに、とにかく紹介しなくてはならないかたがいる。——このかただ」

ヴァレリウスがしずかにいった。

そのとたんに天幕の奥から、まるでそこにもうひとつの扉があって、それをあけて入ってきたにすぎないかのように、入ってきたのは、あの白い服、まがりくねった杖をもち、白髯の、ヤーンを思わせる老人であった——それには、ランはほとんど驚かなかった。むしろ、それ以外の人間を紹介されたら驚いたに違いない。

「ご紹介しよう。こちらは、われわれ魔道師たちにとってはきわめて有名なかただ。いや、だがたぶん、ちょっとでも魔道に関心のあるものなら、そのお名を耳にしたことがあるだろう。このご老人こそ、ハイナムのイェライシャ——《ドールに追われる男》として魔道界に知られる、名高いきわめて有力な魔道師、大導師のおひとりでいらっしゃる」

「ハイナムのイェライシャ……」

どちらにせよ、軍人たちにとっては、その名前はあまり意味をもたなかった。

だが、この老人があの眼球の月を退治て、竜の怪物たちからかれらを救い出してくれたのだ、ということは、逆に、その場にいて怪物とたたかっていた軍人たちのほうにずっと痛切に感じられていた。ランのほうはアムブラの学生であるだけに、その名は当然知っている。

「この――このかたが……」

思わず、目を大きく開いて、ランはじっと見つめた。

それも無理はなかった――ランのような学生あがりの若い学者などにとっては、イェライシャ、といえば、それはグラチウス、とかロカンドラス、というにひとしい、伝説上の人物でしかなかった。たくさんのその伝説や事例は研究されたり、書物にあらわれてきたりしているけれども、現実に目のまえにあらわれて口をきいたりするとはとうてい想像もつかぬような、伝説上、歴史上の人物。

それが、ここにいる――ランは、まじまじとその白髯の老人を見つめた。すらりと背の高い、腰も曲ってなく、そのまったく老いを感じさせぬ動作を見たかぎりではせいぜい七十歳くらいにしか見えぬ老人であったが、よく見ていると、その目のなかの叡智の光といい、しわのふかさといい――本当は百歳どころか、二百年も三百年も、あるいはもっと年をかさねているに違いない、ということがひしひしと感じられてくる。見ていればいるほどに、《ただ者ではない》ということが、だんだん重たく感じとれてくるような、そういう威圧感を秘めた老人なのだ。

その恐しいような威圧感――はかりしれぬ、人間の限界をこえた年月を超えてきたものだけのもつ、ひたひたとおしよせてくる威圧感は、おそらくまったく魔道とは無縁なサラミス公やカレニア伯でも感じ取ることができただろう。だが、それは、不吉な感じは与えなかった。むしろ、どこかに、透明な、親しみやすいとは到底いえないまでも、何かひとをつつみこむような慈愛といったものさえ感じさせた。それではこれが、ドール教団の幹部となりながら、暗黒のなかに救済なきを知って闇から光へと偉大な回心をとげた、《ドールに追われる男》そのひとなのだった。

「よもや……よもや、お目もじの光栄が……生きているうちにかないますとは……」

ランの声がかすれた。ちらと目をやると、ヨナは無表情であったが、長年このあまり感情をあらわにしない盟友とつきあってきたランには、ヨナが恐しく感動し、本当は感じやすく繊細なその心を激しくゆさぶられているのだということが、ただちにわかった。むしろヨナこそ、この座にいるもののなかでもっともこの邂逅に心をふるわせていた者とみて間違いなかっただろう。

「わたくしは……アムブラ、オー・タン・フェイ老師のもとにて学びました、カラヴィアのランと申す若輩者——むろん導師のお名はかねてより聞き及んでおりましたが……まさか、このようなところで——こうして——」

「よい、よい。固い挨拶は抜きだ、このようなさいじゃからな」

イェライシャは気軽にいった。そのけいけいたる目元が、かすかに和んだ。

「そちらは」

「ヴァラキアのヨナ・ハンゼと申します。光栄にもナリスさまのお引き立てにあずかり、参謀をつとめさせていただきます、いたって若輩の者にございます。専攻はおこがましくも魔道学と、歴史学、それにいくつかを」

「ヨナどのか」

イェライシャはうなづいた。それだけで、何をいうでもなかったが、ヨナの頬がかすかに紅潮した――イェライシャの目のなかに、あたかも、おのれの存在を認めてくれた、というなんらかの小さなあかしを見出し、そのことに打たれたかのようであった。

「イェライシャ導師は本来、すべての現世の勢力に対しては中立をもってむねとしておられるおかた――しかしながら、事情あって私が大導師アグリッパどのをたずねあてるための探索に出た途上、はからずもイェライシャ導師と巡り合うを得、その折に、イェライシャ導師の非常な御尽力を得ることができました。――この探索のなりゆきについては、おってナリスさまにご報告申上げてお考えいただかねばならぬが、しかしそのかわりに、イェライシャ導師から、われらにお力ぞえをたまわる、という力強いおことばをいただき、このようにして――イェライシャ導師という、最大の心強い味方を得るにいたったことは、この上もないわれらの幸運……」

「イェライシャ導師が、我々のお味方に」

ランは思わず叫んだ。

「それは、まことでありましょうか。イェライシャ導師といえば――すでによわい数百年を数え、そして……」

「わしはただの一介の魔道師にすぎぬ」

イェライシャはランをなだめるように、またその場の武将たちにときかせるようにゆっくりと口をひらいた。イェライシャの声は、はるかな梢を吹き渡る風に似て飄々としていた。

「だが、わしもまた中原にすまいし、中原の平和を願い、黄金律に従う大宇宙の運行を望むものだ。もしも、これが人間界のみのかかわりあいであったのなら、わしが介入することは無駄であるばかりでなく、禁じられた、黄金律と魔道師のおきての前に決して許されぬことでもあっただろう。だが、いまや事情は大きく変貌してきた」

「と、申されますと」

「これはのちに、ヴァレリウスどのが、もっとたくみに説明してくれるだろうよ」

老魔道師は、はかりしれぬほど年老いた叡智をたたえたまなざしで、奇妙に優しくランとヨナを見比べた。

「わしも、まだ、中原の帰趨には多少のかかわりあいがあるのでな。それにおそらくこのいくさが進んでゆけば、ことは、一パロだけでなく、中原列強全体にかかわってくることになるであろうよ。そうなれば、わしが現在非常に高い関心をもっており、その上にわしが恩義をもっている唯一の存在、すなわちケイロニアの豹頭王にもことは及んでくるでな」

「ケイロニアの——グイン！」

ランとヨナは思わず顔を見合せた。ヴァレリウスは、すでにそのようなことはみんなくりかえし老師と話をしてきたのだ、といいたげに黙っていた。

「ともあれ、時がうつる。——こうしていても、はじまらぬ。わしのことは、このまま放っておいて、軍議をはじめられたがいい。もう、あまり時はないぞ」

「ああ」

ヴァレリウスはうなづいて、盟友たちのほうをふりかえった。

「それでは、老師のおことばもあれば、手短かに話をさせていただき、そしてさっそくに行動にうつらなくてはならぬ。——まず、さきほどランどののいっておられたことだ。あの竜騎兵の正体についてだが、ランどのは何かいいかけていたな。それについて、話してみられるがいい」

「もう、ヴァレリウスさまには、とっくにおわかりだったのかもしれませんが」

黙ってしずかに眺めているイェライシャの前で、おのれの考えを開陳することで、ランはその浅黒い頬をかっと紅潮させながら、

「あれは、私は、まやかしであると思います。——いや、もちろん、本当は竜頭ではあるのかもしれません。というか、多少の異形ではあるのかも——だが、あんなに巨大に見えるのはただのまやかしだ。あれは幻術で——アルカンドロス広場にあらわれたときには、おそらくあの竜頭のすがたを見ただけで、そんなものを予想したこともないわれわれは意気沮喪し、かれらにいいように追いまくられてしまう結果となりました。そしてあのむざんな虐殺を招いた。だがそのあと、竜頭の怪物どもはアムブラの路地のなかに三々五々消えてしまった。いかになんでも、アムブラの路地は狭いし、入り組んでいます。よそものがそう簡単に姿を隠せるような場所ではありませんし、また、あの竜頭があのへんをうろつきまわっただけで

たいへんなさわぎがおこるはずです。だがあいつらは途中できれいさっぱり消滅しました。——それは、私は……きゃつらが、途中で、竜頭でなくなったからだと思うのです」

ランは息をついた。ヴァレリウスはしずかにうなづいた。

「ラン。続けてくれ」

「もしかしたら、それは逆に、きゃつらが本当は竜頭なのを、竜王の魔術、幻術によって、普通の人間に見せかけただけだったのかもしれません。——が、いずれにせよ、竜頭をかくすことできゃつらはアムブラから消滅したようにみせかけることができた。同様に、今度森のなかからあらわれてきたあの巨大な竜の怪物どもは、あれはたぶん竜王の幻術によるまやかしにすぎず、本当はきゃつらは、せいぜい普通よりちょっとごついか、大きいくらいの普通の人間にすぎないのではないか——よしんば竜頭は本当に竜頭であるとしてもですね……つまりは、きゃつらの——竜騎兵のとっている戦術というのは……」

「すべて、幻術によるものである、と」

いったのはヨナであった。ランは大きくうなづいた。

「私はそう考えます。——考えてみると、キタイの竜王がこれまでにしかけてきたさまざまな攻撃——月があんなおぞましい巨大な目の玉になったり、死人が生き返って攻撃をしかけてきたり——これはみんな、黒魔道のよこしまな幻術だと思うのです。死人も魂返しの術で本当にゾンビーにされているというよりは、おそらく、ヤンダルの術によって、その死体をあやつられているだけなのではないかと思うのです。ということは——ヤンダルさえたおせば、それらの術は一気にとけて、クリスタルは平和にもどる、というのはいいすぎでも、パロを取り戻すことは――われらパロ人の手にとりもどすことはできるはず――われわれはヤンダルの幻術に、完全にのっとられて、眩惑されていたのではないでしょうか。本当は、キタイ勢力と言えども同じ人間のものであるとしたら、多少かれらがわれらよりも進んだ科学力をもっていようと、人数が多かろうと、魔道の力をかりていようと、われわれには充分に勝機があるのではないでしょうか――?」

# 3

「――よく云った。ラン」

奇妙な沈黙がおちた。

その沈黙を破ったのはヴァレリウスだった。

「それこそまさに私の云いたかったことだし、ナリスさまの――アル・ジェニウスのおっしゃりたかったことでもある。ランは我々のいいたかったことをかわりに口にだしてくれたにひとしい。だが私からももうちょっとつけくわえさせていただこう。――私は、いったん、リンダ妃殿下救出をこころみてクリスタル・パレスに潜入し――そして迂闊にもというか、不覚にも、敵方の手のうちにおちた。それは、アル・ジェニウスの右腕たるべき宰相として、あるまじき失態だったが、しかし逆にそれによって、いま考えると非常に、わが軍が有利となるべきさまざまな敵の実態が知れることになったのだ」

「……………」

「私はとらわれ、拷問をうけた。拷問の名目は、謀反の一味の顔ぶれを白状せよ、ということだったが、いま思うに、それは、それ自体はさしたる目的でもなく、むしろ私の力をよわめ、そして私にある術をほどこすことが本当の目的だったのだと思う。このある術というのは、すなわち《魔の胞子》といわれるおぞましいものを相手の体内に気づかれずに埋め込むことで——これは、体内に入ると、イェライシャ導師のおことばによれば、最初は目にもみえぬほど小さな針のようなものなのだが、魔道師が《気》を使うたびに、どんどんそれを吸い取って成長し、ついにはあいての脳をのっとってしまう、一種寄生生物といってもいいようなものだそうだ。しかもそれが埋め込まれているあいだは、その《魔の胞子》がほかのものには感じ取ることのできぬ特殊な念波を発して、そのものの所在や動き、心のはたらきまでもを全部、その胞子を仲介にしてヤンダル・ゾッグは感知することができる。——私が拷問で気を失っているあいだに、おそらくその術がほどこされたのだ。そのあと、わざと敵は私の監視の目をゆるめ、グラチウスの手先が私を救出できるようにした。——私は、これについてはあまりにもタイミングがよかったので、グラチウスがヤンダルとひそかに手を結んでいるのではないかとさえ考えたが、そうではなかったらしい。ただ、グラチウスは、タイミングよく私を救出するようはたらきかけたわけではなくて、ずっとはたらきかけていたのが、竜王が故意に監視と結界を緩めたのでなかに入ることができた、ということのようです。しかしそれで、私はグラチウスの手先に救出され、いったんランズベール城のナリスさまのもとに戻ることができた」

「………」

「むろん私はそんなこととは知らず——おのれにそんな《魔の胞子》などというものが埋め

込まれているなど、感じることもなかった、この私がだ。それほどに、これはたくみな術だった。そのまま、しかし、ナリスさまとご相談して、この上は、この膠着状態を脱出するためには、どうしてもわれわれにも、ヤンダルに匹敵するほど巨大な力をもつ魔道師の助けが必要だ――失礼ながら魔道師ギルドだけではヤンダルにたちむかうことは無理だ、と判断して、私は伝説の大導師アグリッパを探し出し、その助力をこうために探索の旅にでたのだが――それについても、はっきりいって、〈闇の司祭〉グラチウスとの取引や、グラチウスの手助けがかかわっていた。グラチウスは、私を救出した報酬として、私にアグリッパを探し出すよう依頼してきたのだ。魔道師の誓約により、魔道師はこういうさいにはその依頼をことわれない。――それに私もアグリッパに会ってその助力を依頼したかった。だから、グラチウスの与えてくれた手がかりにしたがって私はアグリッパを探しに、断腸の思いでアル・ジェニウスからはなれたのだが――しかし、それがすべてを好転させてくれた」

ヴァレリウスは、くいいるようにきいている一同を見回した。

「私は、幸運にも――というよりもヤーンのお導きにより、アグリッパより早く、イェライシャ導師にお目にかかることができた。――イェライシャ導師はご親切にも、私からその《魔の胞子》をとりさって下さり、私を自由にして下さり――そして、この魔の胞子だけでなく、実にさまざまな同様の手段をつかって、ヤンダルが反乱軍のなかにキタイの手先、尖兵を送り込んでいる、ということを指摘して下さったのだ。それはきわめて愕然とさせられることだった――ナリスさまはつねに、その不安をもっておられた。おのれの行動が、おのれの望んだように、おのれの判断によってではなく、もしかして、自分でそうは思っていてもかげから、巧妙にヤンダルに操られてその思うつぼのとおりに行動させられているのではないだろうか、ということをだ」

「……」

さえぎるもののない沈黙のなかで、ヴァレリウスはまわりをゆっくりと見回してことばをついだ。

「そしてそのアル・ジェニウスの危惧はまさしくあたっていたのだ。イェライシャ導師が指摘されるまで、お恥かしくも私はそのことを気づかなかった。いや、疑ってはいた。だが、確信をもてなかったし、証拠をつかむこともできなかったばかりか、私自身がそうやって、きゃつの手先になりはててしまっていたのだ。もしも私があのときアグリッパをたずねて旅立たなかったら――イェライシャ導師に出会うことを得なかったままナリスさまのもとに戻っていたら――それを考えると私は本当にぞっとする」

「……」

「アル・ジェニウスは、すべてがあまりにも、たくまれたように運びすぎる、ということに非常な恐怖心をおもちだった。そもそもカリナエで我々が集合し、ひそかに謀反の決意をかためるのと、それがあたかもつつぬけの如くに王宮に洩れて、カリナエに国王の騎士団がおしよせてくるのとが相前後していた――それだけではない。それも、まるでナリスさまを無事にカリナエからランズベール城へ入城させるためのように、ナリスさまが脱出されて数ザンとたたぬうちにマルティニアスのひきいる兵士がカリナエをふみにじることとなった。そして、ナリスさまは無事ランズベール城に入られ、そこでいったん事態が小康状態となって、何回かのこぜりあいののちに定着しそうになると、ナリスさまのお寝間をおびやかす怪物が出現し――ランズベール城は危険だ、というご判断になって、ナリスさまがジェニュアに落ち延びられ――さらに、ジェニュアを追い立てられるように、カレニアへ――そのつど、あやういところをたくみに逃れてこられたように見えはしても、その実『本当は彼の力をもってすれば、いつでもこれしきの反乱軍などとりひしげたはずだ』とアル・ジェニウスは非常に不安がっておられた。『やはりこれは、実は自分の考えで行動しているとみせかけて、さまざまな餌につりだされ、うしろからあぶりだされるようにして、彼の思いどおりの方向へ、方向へとあやつって連れてゆかれているのではないか』ということをだ」

「まことに――」

思わずヨナはつぶやいた。

「それはナリスさまは、しょっちゅう案じておられました」

「そのとおり。そして、私はイェライシャ導師に《魔の胞子》を取り去っていただいて、はじめてヤンダルのまことのたくらみの深さを知った。――きゃつのたくらみの本当の目的は、反乱軍を叩きつぶすことではない。そんなことはいつでもできたはずだ。何をいうにも相手は国王軍、反乱軍の勢力のほうが、あの時点では格段に弱い。だが、国王軍は一気にわれわれを叩きつぶそうともせず、いわば泳がせておいた――それはすなわち、きゃつのまことの目的が、ナリスさまのおおせになっていたとおりの、『古代機械とそのあるじ』の生きたままでの拉致にあればこそだった。——あらゆる手段をこうじて、きゃつは、ナリスさまの周辺にくまなくしだいに網の目をはりめぐらし、じりじりとその包囲の網をちぢめ、ナリスさまをキタイへ生きたまま拉致してゆこうとねらっていたのだ。それによって、古代機械の——世界のすべての場所へ自在に瞬間に飛ぶことのできる古代機械の秘密を完全に手にいれるべく。もとより古代機械本体は、クリスタル・パレスにあり、きゃつの一応制圧下にある。あとはそれをあやつることの可能な唯一の存在、ナリスさまを手にいれて、きゃつの思いどおりに動かせる手駒とすれば、きゃつはキタイとパロをでも、あるいはいずれの場所へでも、瞬間に自在に往復できる手段を手にいれることとなり、それによってきゃつの世界制覇の野望はさいごの段階に入るのだろう——ナリスさまは、途中から、そのたくらみははっきりと見抜かれた、そうだな、ヨナ」

「さようでございます。ナリスさまは、私には、何回となくそのことをひそかに懸念しておられました」

「だが、すでにナリスさまの周辺にもぎっしりときゃつの手先、あるいは《魔の胞子》を植込まれた魔道師どもが入り込んでいることはわかっていた。しかしどいつがそうで、どれがそうでないのかわからない。わが軍の動きが何もかもつつぬけである以上、おそろしく大勢の間者が入り込んでいるのも確かだが、それをどのようにあばきたてたらよいかわからない。——もういまは隠す必要もない。本当は私はもっと早く、もうちょっと早く、イェライシャ導師のお力をかりてパロに戻っていた。だが、わざと私は陣内にすがたをあらわすのを避けておいた。イェライシャ導師から、そうするよう、助言を頂戴したからだ。そして、イェライシャ導師のもとで、私はずっとわが軍の動きと敵の動き、そしてわが軍の全体のようすを見守っていた。その結果非常におそるべきことがわかった——まさしく、わが軍には、想像をこえるほど大勢の敵の間者、手先が送り込まれている、ということが。イェライシャ導師は、《魔の胞子》が体内で発芽しはじめているのを見分ける《光る胞子》の術を教えて下さり、そのおかげで、私は《魔の胞子》を植込まれたものの体内でその胞子がどのていどはびこりはじめているかを見ることができた——恐しい光景だった。味方であったものの脳のなかに、ぶきみなぶよぶよと青く光るものがしだいにひろがってきているのを見るのは」

ヴァレリウスはぞっとしたようにヤーンの印を切った。

「そして、イェライシャ導師と私は、最終的に、その《魔の胞子》が、ひとつの源からばらまかれてたくみにそっと勢力を増やしているらしいということを見てとった。その、おおもと、最初にそれを植込まれてこの陣に送り込まれ、ほかのものへじりじりとそれをひろめていったのが、あの魔道師タウロだったのだ」

「申し訳もございませぬ」

うしろのほうで、ギールがからだをふるわせた。

「タウロはわたくしが出張するあいだ、わたくしのかわりをつとめるようにとナリスさまのおそばにおいて参りましたもの、それがそのような魔にのっとられて、すべての敵方の有利を導いていたとは――この罰はいかようにもお受けいたします」

「ギールどののせいではない」

ヴァレリウスは慰めるようにいった。

「ギールどのが出立されたときには、タウロにはそのような種子はまかれていなかったのはおそらく確かだ。そのあと、しばらく、タウロなるものはすがたを隠していた時期があった、とさきほど、魔道師軍団の編成をしている魔道師が証言していた。おそらくその期間に彼は魔王にさらわれ――そして呪わしい術をほどこされて、竜王の手先と化してしまったのだ。タウロの中にはほとんどもう、通常の人間の器官も、脳のはたらきも残っていなかった。やつは、すでに、竜王の出先機関、竜王があやつる人形でしかなかったのだ」

「……………」

「そしておそらくそのタウロがひそかに暗躍して――むろんほかにも何人か、そうして手先をひろめてゆくみなもとになってしまったやつはいたかもしれないが――ナリスさまの周囲にそのひそかな包囲をはりめぐらしたのだ。とにかくまずはそれをなんとかして、ナリスさまに危険を及ぼすことなくすべてとりのぞかなくてはならなかった。――竜王の計略はむろん、ここで、ルーナの森かいわいでナリスさまをしとめることなどではなかったはず――ナリスさまは、ここでも、九死に一生をえたような格好で落ち延びられ――しかしだんだん、お味方は周囲からひきはがされ、孤立し――ランズベール城を出るときにランズベール侯を失い、ジェニュアを出てルナン侯を失い、私もひきはなされ――そうやって、ついにはナリスさまがたったひとりになり、まわりにはナリスさまをお守りする力もない小者しかいない状態まで最終的に追込まれてから、おそらく私の考えでは、タウロが近づいてきてナリスさまに、キタイへ、とはいわぬ、おのれにお任せ下さい、とことばたくみに誘導して、ナリスさまを最終的にヤンダルのもとへ導く罠をしかけてくるような計略になっていたのだと思う」

「……」

思わず、ランはぞっと身をふるわせた。ヨナはもうわかっていたことではあったが、やはりくちびるをかみしめた。

「というのも、ナリスさまがご自害されてしまったり、あるいは正気を保たれなくなってしまってからでは、古代機械はもう永久に動かすことも、その秘密を知ることもできなくなってしまうからだ。あの機械は、操縦者を見分けるのだそうだ。――そして、ナリスさまご自身でないと、その機械の厳正な判断を動かすことはできない。ナリスさまが誰かに命じて動かされるのなら、古代機械は動く。しかしナリスさまご自身がもしも、力づくでそれを操られながら、（動くな）と念じておられたとしたら、古代機械は動かない――のだそうだ。つまりあの機械は、ナリスさまのお心のうちからはなたれる念波によってのみ動く――」

「それについては、まだいささかの疑問もございますが」

瞬間、研究者の顔にもどって、ランが口をだした。

「私とヨナはそれについてずっと研究を重ねて参りましたので……確かに、いまヴァレリウスさまがおっしゃったとおりですが……しかしまだ、いぶかしいこともあります。たとえば黒竜戦役のおりに、リヤ大臣閣下があの機械を、ナリスさまのお許しを得て動かしたにもかかわらず、あの機械は目的としたアルゴスではない、ルードの森へパロの双子を送り込みました……が、いらぬ差し出口をいたしました。どうぞお続け下さい」

「むろん、それについてもおおいに研究の余地がある。なにしろあれだけいぶかしい、われわれの歴史からはみだした存在なのだからな」

ヴァレリウスはかるくうなづいた。

「ともあれ、問題は、いかにして、ナリスさまのお身柄に危険なく、この結界の内まで深く入り込んでいる竜王の力をとりのぞくかだった。――きゃつはさんざん、ナリスさまの身辺を、その笑い声だの、ヒプノスの呪術だの、幻術や魂返しの術などの小癪な手妻でおびやかした。その目的はただひとつ、ナリスさまをとことん精神的に追い詰め、もうきゃつにさからっても無駄なのだと思い込ませ、ナリスさまのほうから降伏するようにしむけることだった――ナリスさまにとって最大の支えとなるリンダさまを――それからこういっては何だがナリスさまのお身がわりに動く予定だった私をきわめて早い時期にとりのぞき、ひきはなそうとしたのもそのもくろみからだ。そして自分は魔道師ギルドの結界などものともせず、つねになんどきなりともナリスさまの身辺にこうして入り込めるのだぞ、ということをみせつけ、おのれの力の圧倒的な優位を思い知らせ、ナリスさまを絶望の淵に追込んで、抵抗しても無駄だ、という思いのなかに呪縛しつづけようとした――だが本当は、きゃつはそれほど簡単に結界を破れたわけじゃない。ナリスさまがいみじくも指摘しておられたとおり、本当にそれほど簡単にわれわれの結界を破れるものなら、ヒプノスの回廊以外のもっと現実のルートを通ってナリスさまに攻撃をしかけてこられたはずだ。だがじっさいには、ヤンダルが仕掛けてきたのはすべて、幻術による攻撃だった。幻術のほうは、結界を破らなくても、視覚を通じて仕掛けてこられる——それに眩惑されていたが、よく考えてみれば、幻術でしか攻撃できないということ自体が、ヤンダルがおのれがそうみせかけ、信じ込ませようとしているほど、圧倒的に地上最強の力をもっているというわけではないし、また、ナリスさまの意志をうちくだき、ひしぎ、ナリスさまご自身から降伏するようにこんな手のこんだやりかたでしむけなくてはならなかったということそのものが、きゃつの作戦の限界だったのだ」

「……………」

「だがそれも、きゃつの手の者が現実に結界の内部に入り込んで内部から手引きしているのである以上、ひとつ間違えば、ナリスさまのお身に、本当の危険が切迫してくるおそれが高かった。私はイェライシャ導師と相談し、ともかくもナリスさまのお身の本当の安全を確保しなくてはならない、そのためには、ナリスさまの身辺から、いったんすべての、きゃつの手先を洗い出し、消滅させ、結界の内部を清浄にすることだ、という結論に達した——それから、私は、ナリスさまとひそかに心話でご連絡をとった」

「え」

驚いたようにローリウスが顔をあげた。

「ナリスさまと――宰相閣下はもう、すでに……ご連絡なさっていられたのですか」

「もちろん。これほどの重大事を、私の一存で勝手に運ぶわけがない――ましてや、ことはナリスさまのお身に大きくかかわることだ。イェライシャ導師が張って下さる結界は、さすがに私のなどとはわけが違い、ヤンダルの一味にもいっさいふれることのできぬものだ――それを張っていただいて、ひそかに何回も連絡し、私と、ナリスさまと、導師とで出した結論がこの――この大芝居だった」

ヴァレリウスはかるく頭をさげて、祭壇のほうをふりかえった。

「本当は、これにちかい手はマルガを脱出してクリスタルへ戻るさいにも使っていたわけだし、私としては弱っておられるナリスさまのおからだに、これ以上のご負担をかけたくなかった。だが、やむをえなかった。ほかにもっと確実な方法を考え出すことができなかったし――それに、とにかく、ヤンダルはナリスさまを『生かしてとらえる』ことを最大の目的にしている。いったんでも、その最大の目的が出し抜かれた、とお味方ごと、ヤンダルに信じさせて油断させるほかに、きゃつの手先がナリスさまの身辺にこれほど近くにいる以上うまい方法がなかった――それに、イェライシャ導師がおいでになる。導師の術ならば、私のつたない薬学とまったく違い、何の危険もない」

「では……」

ローリウス伯のからだががくがくとふるえだした。伯は次のことばを口にだして、そのいらえをきくのが恐ろしくて、早くしゃべれないようにさえ思われた。

「で、では……では、ナリスさまは——あの、アル・ジェニウスは……」

「私もこの計略には、重要な役割を演ずる者として、参加させていただきました」

しずかにヨナがいった。

「ランや、ローリウス伯閣下や、ボース公や……ほかのすべてのお味方の皆様にはまことに申し訳がない。だが、ご理解下さって、許していただくほかはない。おかげで、ナリスさまのお身柄は、もう、安全です。もう、陣内に入り込んだヤンダルの手先はすべて、それこそ一匹残らず成敗しつくしました。もう一切、《魔の胞子》を植込まれたものはわが陣にはいなくなった。そして、すでに、イェライシャ導師の最も強力な結界がナリスさまを守っています。このまま、たとえ怒ったヤンダルが総攻撃をしかけてくるとしても、我々はカレニアへとまっしぐらに逃亡できます」

「なんと……なんという……なんと……」

ローリウス伯爵は、まるでそれしか言えなくなってしまったかのようにみえた。いきなり、ボースが、祭壇のほうにかけよった。

「では、ナリスさまは——お眠りになっておられるだけなのだな？　そうか、そうだったのか——そうだったのか。ではないかと思っていた——どうしても、こんなところで、こんなふうに……われわれのアル・ジェニウスが……こんなふうにいのちをおとされる、などということが……信じることができなかった。なんだかどうしても実感をもてなかった……だが、お目ざめにならないぞ？　こんなに長いあいだ、どんな薬か術か知らないが、そのままにされていて、おからだに悪くはないのか？」

「大丈夫です。ボース公」

しずかにヴァレリウスは答えた。

「むしろナリスさまは、当分、安全なカレニアに到着するまで、こうしていていただいたほうがいい。お目ざめになって、おからだを使われれば、これだけの術をほどこしたあとですから、当然弱っているおからだが、いっそう負担がかかります。このままでおいでになれば安全ですから、カレニアに落着いてから、ゆっくりとお目ざめいただいて——そして、正式に、新パロ聖王を公に告知して即位式をとりおこなっていただくのがいい。もう、私もいれば、イェライシャ導師もおられます。もう何もご心配はいりません。このまま、カレニアを目指しましょう。——もう、陣中からの情報は、クリスタル・パレスには届かないのです。もう一切、きゃつの手先はここにはいません。ここでこれだけ結界をはりめぐらして、このたくみを明らかにしたところで、ヤンダルには、たとえ真偽のほどを激しく疑ってはいても、もう確かめるすべがありません。ナリスさまは、崩御された、というこちらの発表を、疑いながらも信じているほかはないのです。——あやつが手にいれようとしていたのは『生きたナリスさま』です。——もし本当にナリスさまが万一のことがおありになったなら、ヤンダルの野望はついえ——少なくとも古代機械に関するかぎりは、その野望はついえます。ヤンダルとしては、ナリスさまのご遺骸を奪ってでもその真偽をあらためたいと思うでしょうが、もう、そうはさせません」

「ナリスさまは……アル・ジェニウスは……生きておられた……生きて……」

茫然と、ローリウス伯はつぶやくばかりだった。

ランはまだ、あまりのなりゆきに、よく口がきけぬように、ただ茫然と祭壇を見つめているばかりだ。

「これまでの何回かは……私が進言して、それが裏目に出て大変なことになりかけ、ナリスさまご自身の才覚がさらにそれを出し抜かれたこともあったし、また、ナリスさまご自身から提案されて、無事マルガからの脱出に成功したこともありました——この手は何回も使っていますが、だからこそ、まさかこんどは違うだろう、という疑惑も存在するでしょう。——それにどちらにせよ、私たちとしては、ヤンダルがたに、一瞬のスキさえ作ればそれでよかったのです。——最大の問題は、スカールさまが、当初我々が思っていたよりもずっと早くにこちらにおいで下さったことでした。——これもまた、もっと巨大な秘密に属しているので、ここで申上げるわけにはゆかないが、実はヤンダルが狙っているのは、ナリスさまだけではなく、スカールさまもなのです。ナリスさまとスカールさまが生きたまま、おあいになり、そして二人ともにヤンダルの手に落ちてしまったとしたら、中原はもう救われる道はないところだった。——だから、スカールさまがおいでになる前にどうしてもこのことだけは決着しておかなくてはならなかった。そのために皆さんにはいろいろと心労やお悲しみをおかけして申し訳なかったが、しかしそれはより大きな目的のためにお許しいただかなくてはならない。我々は勝ったのです——むろん、まだ、すべてにではない、この緒戦に、ということだけですが。だがそれでも、これが、あの強大で狡猾なヤンダル・ゾッグを出し抜いた、最初の勝利であるには違いない。我々は勝ったのです。ナリスさまを追い詰めて、そしてさらにスカールさままでもとらえて、中原の支配を手にいれようとするヤンダルのたくらみに、とりあえずわれわれは一矢だけはむくいたのです。すべてのこのことがはじまってから、はじめて、ようやく一矢だけを」

# 4

月は――

もはや、異常の、あの眼球の痕跡をさえ、とどめてはいなかった。

いや、それ以前に、すでに月は沈み、空は青紫にやわらかく明けてきていた。異様な緊張と恐怖を運んできた異形の月は沈み、そして、はかりしれぬ希望と輝きをもたらす太陽の光が、輝かしくあたりを包んでいる。

ナリス軍の陣営は、だが、しーんとしずまりかえっていた。

しかしそれはもう、恐しい、絶望と悲哀にとざされた沈黙ではない。むしろ、ひそかに、その底に何か圧倒的な希望のはじまりをはらんだ、恍惚とした静寂、のようにさえみえる。

まだ、司令部からは何の伝達もなかったし、司令本部に呼び集められた各軍の司令官たちも戻ってはこなかった。しかし、それほどにその軍議が長引いている、ということ自体が、何か大きな情勢の変化が訪れようとしていることを、兵士たちに示していた。

それに――

(もしかして……)

（もしかしたら、やはり……）

（そうだ、そうにちがいない……なんだか、そんな気がしてならない……）

何か、奇妙な――

ことばにつくせない、ある予感めいたものが、ひたひたと、かれらの胸に迫ってくるのだ。かれらは、もう泣いてはいなかった。むしろ、不安と期待と、失望を恐れるおののきに胸をどきつかせながら、じっとこらえて待っている。

そう、かれらは待っていた。何かのはじまることを――

「――奴等はいい」

ようやく明けてきて、朝もやの流れる、森はずれのひっそりとした小高い丘に、ひそやかな低いつぶやきが流れた。スカールであった。

スカールは供まわり一人さえ連れずに、相変わらず黒づくめのなりのまま、ひっそりとその丘から下を見下ろして立っていた。眼下、というほど高くはないが、それでも、一応ナリス軍の陣営が多少見下ろせる。朝の風がひんやりとそのひげの頬を撫でてゆく。

「何か、おっしゃいましたか」

そのうしろに音もなく歩み寄ったのは、リギアではなかった。

同じように黒い長い、フードつきのマントに身をつつんだ不吉な影――かれらは、明けてゆく大地のなかで、あやしい二羽の巨大な鴉のように見える。

「お前か」

スカールはふりかえらなかった。どのみち、その気配はもう察していたのだ。

「ご挨拶が遅くなりました。……ただいま、戻って参りました」

「挨拶などしていらぬ。そんな中原の礼儀作法はもう、俺には何ひとつかかわりはない」

スカールは云った。もともと寡黙な彼にしてさえ、きょうの彼の声は低かった。この朝のしずけさのなかでさえ、耳をすませ、よくよくききとろうとしなくてはきこえぬほどだ。もっともヴァレリウスの、魔道師の耳には、それも何の苦もなくききとれるものだったが
――

「奴等は喜んでいるのだろう。それならばそれはそれでいい」

「もう、お聞き及びだったのでございますか。お耳が早い」

「リギアにはまだ知らせておらん。俺のところに伝令がいってきたので、あいつにはいうなと命じておいた。あやつはまだ眠っているだろう――眠れぬといっていたので、きのうも魔道師が黒蓮の粉とやらを処方していたようだ。うさんくさいやつばらめ」

「これは、恐れ入ります」

「俺は、好かん」

吐息のような――だが激昂せぬ声だった。むしろ、絶望に似たものをはらんでいた。

「は――?」

「俺は好かぬ、といったのだ。……ナリスが、まことに死んだのでなかったのなら、それは俺は嬉しい。奴ほどのものが、こんなことでくたばるなど、あまりにもぶざまだと思った。

——その気持はかわりがない。それにおそらく、お前のことだ。周到に考えて、これしかないと思ったのだろうなということもわかる。……ナリスがたくらんだことならば、それはやつの病気がさせたことではないのかと思うかもしれぬが、お前のことは俺はまともな人間だと思っている。——そのお前と、俺でさえその名をきいたことのあるイェライシャがたくらむのなら、おそらく、そうとしか、しようはなかったのだろう。——だが、俺は、好かん」

「好かぬ、とおおせられる」

「他にいいようはない。それが正しかったところで、好かぬこと、というものはある。俺にとっては、このようなやりかたは好かぬ。虫が好かぬし、虫酸が走る。それだけだ」

「——恐れ入ります」

「ひとの気持をもてあそび、ふみにじるやり方だな、ヴァレリウス。——パロでは、それが当然なのか。目的を達すれば、それでいいのか。たとえ、誰がどのように嘆いたとしてさえも。——さいごにめでたしになればそれでよしとしろ、というのか」

「………」

「まあ、俺のことはどうでもよいさ。俺の気持などは、案じてもらうようなものではない。パロの民、ナリスの兵士どもも、おそらくは、さいごに勝利を得られれば、それで充分なむくいがあった、と思うだろう。——それも、それでいいさ。俺は……俺のいっているのが誰のことかわかるか」

「は——いや……」

「わかっているくせに、わからぬふりをするのだな。お前もだんだんそうやってナリスに似てくるのか。魔道師にしてはさっぱりとした、よいやつだと思っていたが。……あいつは、伝染病のようなやつだな。あいつは、あやつの魂の病をひとに伝染させる」

「これは、きついおっしゃりようをなさいます。……ナリスさまが、伝染病だとおっしゃる」

「ほかに何だというのだ。……俺は、やっぱり、奴のことを、好きなのか、嫌いなのかよくわからぬ。——いっそのこと、この手でほふってやりたいような気さえするほどだ。そのほうが、やつ自身も幸福かもしれぬではないか、という気がするほどにな」

「……………」

「くりごとをいうつもりはない。——ひとつだけきこう。ナリスは、まことに生きているのだな。あれは、やはり、佯死《ようし》なのだな。竜王とやらの目をのがれるための」

「……………」

「誰かがきくかもしれぬ、と思うのか。ここには、俺とお前のほか、誰もいなくてもか」

「……………」

「まあいい。お前は、魔道師なのだからな。だが俺は騎馬の民だ。草原の男だ」

ゆっくりと、スカールは、向きをかえた。つよい怒りに似たものをはらんだ、黒い鷹の瞳が、正面から、まっすぐに、魔道師の灰色の目をとらえた。ヴァレリウスは、いくぶん目をふせて、その目をうけとめた。

「これはみなお前のたくらみか。それとも、ナリスのいいだしたことか。またしてもやつは、そうやって、にせ葬式を出して、ひとびとのうろたえさわぐのを見てやりたい、という病をこらえられなかったのか」

「決して、そのような。それに、これはみなわたくしの云い出しましたことで」

「そうか」

スカールは意外そうでもなくいった。それから、ちょっと黙っていて、またいった。

「そうか」

「ほかに、手段はございませんでしたし――われわれにとっても、これは大きな賭けでございましたし……それに、なんとそしられようと、それによって、私どもは窮地を脱し、ようやく勝利のめどがたったのですから」

ひくつもりはないぞ――という、暗黙の強烈な意志を充分にこめた口調で、ヴァレリウスは云った。スカールはゆっくりとヴァレリウスを眺め、それから肩をすくめた。

「ならば、いいさ。祝杯でもあげるがいい」

ことばは、痛烈であった。

「だが、お前たちはまたしても、俺をたばかった。――そのことは、もう、とりかえしがつかぬと思うがいい。俺はもう、二度とお前たちのためには動かぬ」

「たばかったとは、なぜ。太子さまは、ナリスさまを救って下さるためにおいで下さったはず。ナリスさまが、ご無事ならば、それでよろしくはございませんか」

「よくはない。よくはないさ、魔道師」

スカールはまるではじめて会った見知らぬ相手をみるように、ヴァレリウスを見つめた。

「だがお前あいてにそんなことを論じて時間をつぶすつもりはない。ただ、リギアがふびんだ。……あいつは、本当に、悲嘆のあまり胸が破れるほど、悲しんだ。——たとえどのような大義のためであれ、女ひとり、あそこまで悲しませる大義は——俺は、好かぬ。ただそれだけさ」

「それは……」

ヴァレリウスはことばをさがすようにみえたが、それよりも、ちょっとそらしたまなざしのほうが雄弁に彼の心のうちを物語っていた。

スカールはそれをじっと見た。

「お前は、あの女を、愛しているのだと思ったが、違うのか。ナリスにたぶらかされ、身も心も毒されたか」

「愛していた、かもしれません。そういうこともございました。しかし、いまは、リギアさまは、スカールさまの」

「俺のことは関係ない。お前の恋情というのは、そのような程度のものか。おのれのかつて愛していた女でも、たばかって、泣かせて、胸の破れるほどの悲哀を味あわせても、目的のためには、かまわぬという程度の」

「太子さまは、何をお望みなのです」

ヴァレリウスは口答えをした。

「おそらく祖国のためならば——もっとも愛している相手をでも、いけにえに出さねばならぬときとてもございましょう、それは太子さまのほうがよくご存じでございましょうに。——私は、確かにナリスさまに見入られているかもしれません。太子さまのお目からは、それが我慢のならぬほど、おろかしく操られていると見えもいたしましょうし。だが、私の忠誠の彼方には確実に祖国パロがあります。ナリスさまがご無事にこの窮地を脱出されることと、リギアさまがいっとき、悲哀を味あわれること。はっきり申上げますが、それは私には比較にはなりません。いっときの悲哀は所詮いっときの悲哀です。否、それが終生の悲哀であっても」

「お前も、ついに、すべて、ナリスの色に染ったな。魔道師」

スカールはゆっくりと、マントをひるがえして、また向こうをむいた。もう、ヴァレリウスの顔をみていることも、うんざりだ、というようであった。

「ならばもう何を話しても無駄なことだ。お前にはもう、ひとのことばはわかるまい。ナリスは、魔、だ。あいつは、お前のなかにもその魔を注ぎ込んだのだ。俺にはそうとしか思えん——キタイの竜王の魔と、パロ聖王を僭称する謀反者の魔。どこが違う。どちらが正義でどちらが悪魔と、なぜ、誰が決められる。決めるのは、俺ではないことだけは確かだ」

「パロは、何千年の昔からパロの国です。そのパロが決めます。キタイの竜王の魔は悪魔であり、パロ聖王陛下がよし魔であるとしても、それは神にゆるされし魔であると」

「思い上がりだ」

スカールはぺっと草むらに唾をはいた。

「詭弁にすぎぬ。が、もういい。お前たちと話をする気はない。どちらにせよ、俺にとってこのことはもう終わった。俺はこのために国を失い、兄にそむき、戻るべき国も失ったが、そのことでお前らをうらんではおらぬ。それは俺のした選択だ。そのこともお前らには理解できまいがな。それはかまわぬ。それは俺個人の問題だ。お前らのではない」

「私は、太子さまのおっしゃることは理解申上げていると思いますが」

「理解されようとも思わん。そのことでお前らに文句もいわぬ、いまさら未練なことはいわぬ。ただ、ナリスが、なのか、それともお前がかわからぬが、お前たちが、俺の信義をふみにじった、そのことは忘れぬ」

「太子さま」

「俺はこの国が嫌いだ」

風に流れる吐息のようにスカールはつぶやいた。

「この国は、ひとを不幸にする国だな。この国にいるかぎり、だれも幸せにはなれぬ。——本当は、キタイ王が征服しようが、レムスが本心のままおさめようが、ナリスがのっとろうが、何ひとつ変わるものではない。アルゴスも、義姉上が輿入れされてから少しづつ変わっていった。パロは、パロ、という名の病だ。それこそが中原を腐敗させている。俺には、キタイの竜とお前らと、なんで、どこがどう違うのかわからん。——だがもういい。俺はゆく。

二度とこの国には足を踏み入れることもないだろう。ナリスに、無事でよかった、達者で暮らして思う存分陰謀をめぐらせといってやれ」

「太子さまは、誤解なさっておられる」

ヴァレリウスはいった。

「俺は誤解などしておらぬ」

「いや、されておられます。——それを不思議とは思いませんが。これは、太子さまのお生まれになり、お育ちになった草原でおこるできごととは、あまりにもかけはなれた事象なのですから。だが、しかしそうした事象は存在しているのであり、そうである以上、それはどうすることもできはしますまい」

「むろんだ、魔道師。だから、俺はそれがいかんとはいっておらん。好かない、といっている」

「その点では大変正確なおかただ。だが、太子さまはまだご理解になっておられぬ。——こ、とは、ナリスさまおひとりではなく、太子さまにもかかわっているのだということを。——太子さまは、あのノスフェラスの——星船の秘密をごらんになり、そして……好むと好まざるとにかかわらず、このいくさにはもう、首の上までまきこまれておいでになるのです。——私が太子さまとナリスさまをお会わせするのをなんとしてでもはばみたかった、そのわけは……」

「そんなものはどうでもいい。俺には関係ない。俺は確かにノスフェラスにいった。ロカンドラスに会いもした。そして、なにやら受け取ったものもあったかもしれぬ。そんなものはもう忘れた。俺は、草原の騎馬の民として生き、死んでゆきたいだけだ」

「ですから、もう、そうなされなくなった、それが運命というものなのだと申上げているのです。太子さまは、もう、世界の運命、ヤンダル・ゾッグの侵略、そして古代機械や星船や――それらのあやしい謎から無縁でおられるわけにはゆかれぬ。ヤンダル・ゾッグは太子さまをもつけねらっております。むろん、〈闇の司祭〉グラチウスも――そして、太子さまとても、もしかれらの手におちたら、中原がもとの平和をとどめ得ぬと理解されれば――このたびのようなはかりごともやむを得ぬと思われるだろうと思いますが」

「かもしれぬ。だが、俺はそのときには伴死はせぬ。俺はきっぱりと、おのれのいのちを終わらすだろう。少なくとも――少なくとも、あの女を泣かせるようなことはせん」

「前に、申上げたことがあったかもしれませんが――いや、おっしゃったのはナリスさまだったかもしれませんが」

ヴァレリウスはしずかにいった。

「太子さまは情に溺れるおかただ。それは、太子さまの欠点であるだけでなく、おおいなる弱点でもおありになる。下手をしたら、それはいずれ、いのちとりにおなりになりますよ」

「黙れ」

ふいに、スカールが動いた。ヴァレリウスは動かなかった。スカールは、瞬間つきあげた怒りにまかせて、ぐいとヴァレリウスの手首をひっつかんでねじあげた。ヴァレリウスはなされるままになっていた。スカールは爛々と燃える目でヴァレリウスをにらんだが、そのまつきはなした。

「お前に説教される気はない。魔道師め」

「太子さまは、何故それほどに怒っておいでなのです。──私はすべてを、理をわけてご説明するためにきたのですし、そうすれば──それをおききいただければ、太子さまとても」

「その必要はない。俺は、ただ、このけたくそ悪い国に一瞬たりともいたくない、いっときも早く清浄な草原に戻りたい。ただそれだけだ」

「草原がすべて清浄で、パロが悪魔の巣窟だ、などということは、ありえませんよ。草原にもまた、ひとがすまっている以上」

「おのれの箴言など、きく耳もたぬわ、下郎」

「ナリスさまはカレニアでお目ざめになる予定です。そこまでご同行なさって、ナリスさまとじきじきにお話を」

「いやなことだ。死んでもいやだ」

「何度も申上げますが、スカールさまももう、無関係ではおられないのですよ。私も、スカールさまをヤンダルの手にわたすのは困ります」

「ひとを、女子供扱いするか。叩き切るぞ」

「そういう問題ではないのですが──まあ、もう、何も申上げますまい。いまは、わたくしが何か申上げればあげるほど、お気ざわりでしょうし」

「まったくだな、魔道師。俺はこのままパロを出る。お前らとは永久に縁切りだ。有難いことにな」

「リギアさまは、お連れになりますので」

「知ったことか、きさまの」

言いかけて、スカールは気をかえた。

ゆっくりと、また首をめぐらして、ヴァレリウスを見た。

「いや」

そのひげの唇が動いた。

「あの女は、おいてゆく。お前らが、あの悲哀にあやつの胸を破らせた責任をとって、牝獅子の怒りにぶちあたるがいい」

「リギアさまを、お連れにならないのですか」

「ああ」

スカールの目のなかから、おさえきれぬ嗔恚の色が少しうすれ、かわって、かぎりない孤独に似たものがあらわれた。

「連れてゆく気はない。――あの女は、俺についてくるといったが、それはナリスが死んだと思ったからだった。もう、ナリスが死ねば、何ひとつ思い残すことはない、この国にはいたくない、あの女はそういった。――もともと、ナリスがいるからと、以前にもパロから連れて出ようとしたとき、自害するとまでいったやつだ。ナリスが死んだのなら、ついてくるだろうが、やつは生きているのだろう。なら、リギアも、この国とナリスを捨てることはあるまい。所詮やつも石の国の女なのだろう。それとも、ナリスと同じ母の乳を吸って生まれ育ち、生まれながらにナリスの呪縛にかけられているのか――気の毒な話だ。それを思うと、俺も、気の毒だと思わぬわけでもない。お前らには、最初から、逃れる機会はまったく許されてなかったのだな」

「逃れるつもりもございません。いまとなっては」

ヴァレリウスはしずかにいった。

「ご自分だけが、運命のからくりをすべて超越していると思われますな。太子さまは、非凡なおかたには違いございませんが、私どももまた――私どももまた、生きているのですよ。たとえどれほど、太子さまが石の都の悪魔どもとおさげすみになろうとも」

「お前は、変わった。以前は、そんなふうなやつではなかった」

「ひとは生きてあるかぎり、変わってゆくのが当然ですし、もしも状況が変わってゆくのに当人が変わらぬとしたら、それは、それこそが大いなる虚偽であるというしかございますまい」

「お前と宗旨問答をする気はない、魔道師」

「リギアさまをお連れになるのなら、お連れになって下さい。あのかたは、そのほうが幸せかもしれませんし――少なくとも、目をさまされて、どうなさるか、残るか、ともにゆかれるか、どういう意志をもたれるか聞かれてからになさってはどうです」

「目をさましたあの女がたばかられたと知り、あの本気の涙と悲哀へのいきどおりにこんどは怒りの涙を流すさまを目のあたりにしたくない。おそらく、確かに俺は気が弱いのかもしれぬ、そういう意味ではな」

スカールはつぶやくようにいった。

「それにもまして、あの女が、いっときの激情にかられてどのような選択をするか、それによって、やはりこの女もお前らの仲間にすぎぬか、パロの女かと思うのが、俺は嫌だ。だから、このままここから立ち去る。リギアが心配なら、お前がやつの怒りをしずめてやるがよい。かりそめにも、ひとたびは愛したと思った女だろう」

「心配――」

ヴァレリウスは奇妙なことばをきいたかのように、ちょっと目をふせた。

「お前は、これから、あの魔物に見入られてどこまで堕ちてもかまわぬつもりなのか、魔道師」

そのヴァレリウスに、スカールは、さいごの別れを告げるようにゆっくりといった。

「たとえ、地獄におちようと、たとえ、そのために誰がどのような悲しみ苦しみを味わおうとか。ヴァレリウス」

「たとえ、この身が地獄におちようと、たとえそのために、愛したひとがどのような悲しみ苦しみを味わおうと」

ヴァレリウスは、しずかに、そのスカールの目を受け止めながら答えた。

「あのかたのために地のはて、星々の彼方までも経めぐってきました。——そして私はかえってきた。あのかたも、パロを救うために黄泉の淵までもゆかれることを恐れられなかった。あなたにはおわかりになりますまい、スカール太子さま。あなたの草原の信義は美しいけれども、それは人間の、死すべきはかない人間の信義にしかすぎないのです。私たちは——悪魔と呼ばれようと、それを後世は神とあがめようと、そのようなことはどうでもいい。私たちは、おのれの信ずるままに、信ずるところをつらぬきとおすまでです」

「ならばいい。達者で暮らせ」

スカールはいった。そして、そのまま、黒いマントをひるがえし、大股に歩いて丘を下りはじめた。ゆくさきには、スカールの天幕がある。そこに馬もつないである。それにうちまたがって、この丘をあとにする気だろう。

「ナリスさまに、お伝えすることは」

ヴァレリウスは声を張った。スカールの声が、風に散らされながらも答えた。

「何もない。生きるも死ぬも、永遠にお前たちの好きにするがいい」

# 第二話　湖の風

# 1

正午近くになってから、隊列は動き出した。

カレニアへ――

カレニアへ――

マルガを経て。

隊列の中心には依然として、不吉な黒い旗を掲げた大きな馬車のすがたがある。

だがそれももう、この一軍に所属するものたちの心を、最前までのように暗く重たく、うつろに絶望の淵にさまよわせてはおらぬ。

何かが、明らかに変わってきていた。風が、空気が違う、とでもいうのか。ひとびとの目は、ひそやかなおさえきれぬ生命と希望とを取り戻し、頰の血の色までも異なってきた。何もいわず、口をきいたらまるでそのおそるべき幸運を失ってしまうのではないか、とおそれるかのように、人々はおし黙ったまま、下される命令に従い、その呪われた森をはなれた。

カレニアへ――

本陣は湖岸においたものの、これだけの人数を収容する広さもなく、点々とかなり広い範囲にわたって分れて陣を張っていたいくつかの軍隊は、長くのびた太い一本の線にまとまり、森のなかにいたものは森をはなれ、森のなかをぬけてイーラ湖ぞいに続く赤い街道へと戻ってゆく。カレニア軍が先頭にたっていわば道案内をつとめ、サラミス軍をしんがりに、聖騎士団が本陣を守る、という陣容をととのえ、クリスタル義勇軍を聖騎士団のあとにおいて、かれらは粛々と行軍していった。

すでに、騎馬の民、スカール軍の一隊はもうかれらと同行はせず、別の道をとったらしくそのすがたは見えない。

クリスタルからイーラ街道をとって、アレスの丘を下り、ルーナの森はずれからさらに続く深い森をぬけてゆくと、ふいにゆくてには、ひろびろとしたイーラ湖がひらけてくる。アレスの丘はそんなに高くはないので、ルーナの森の深い緑にさえぎられて、イーラ湖の風景はそのあいまあいまにきらきらとかすかに輝く青いるりとしか見えぬ。赤い街道の両脇がふいにひらけて、海のようなひろがりをもつかにさえ見えるイーラ湖のながめがひろがるのは、あたかも、ずっと深い闇にとざされていた胸がふいに朝の光に照し出されてひろがるような、あざやかな光景であった。

イーラ湖畔の東側には、あまり大きくない漁村が点々とへばりつくようにしているだけで、ことに北東畔側には、大きな都市もなく、かなり湖にそってまわっていったあたりに、ダーナムの方角へわたる船の発着場となっている小漁村タラがあるだけだ。さびれたイーラ湖の周辺に、この時ならぬ行軍がまぼろしのようにあらわれ、そしてしだいに速度をあげて湖ぞいに進んでゆくにつれて、漁村の住人たちも、そっと首をだしてさしのぞき、少しでも戦況を知ろうと小さな茂みのかげや、ぽつりぽつりとある家々のかげからようすをうかがうさまが見られた。イーラ湖の湖上には、ゆらゆらときょうもたつきの魚とりにいそしむ小舟のすがたが点々と見える。

パロ国内ではもっとも広い湖だとはいいながら、イーラ湖はあまり、クムのオロイ湖ほど積極的に利用されておらなかったが、それは、イーラ湖西部からその西側にかけて、平坦で肥沃なパロ国内で最大の山岳地帯に入ってしまうからであった。エルファまわりの赤い街道は切り開かれているものの、そのままワルド山地の南端につながってケイロニアとのあいだのけわしい自由国境の山岳地帯に続いてゆくイーラ湖西北部は、ひとがすまうのにも、また切り開いて都市を作るにもよい環境とはいえない。そうでなければ、もっともっと、船が活発にゆきかい、各岸にも大きな港が生まれただろう。だがまた、なまじクリスタルが、世界への窓として盛大に開いて、陸路の赤い街道の中心となっているだけに、わざわざこのさびれたイーラ湖の水路をとる理由は、パロの人々にはなかったのだ。

また、防衛については、長い歴史のなかで関係が比較的安定しているケイロニア側の国境地方よりも、つねに紛争の火種を運んでくるゴーラ国境にむけての警備のほうがつねに厳しくなくてはならぬ。それも、イーラ湖周辺の発展を遅らせたひとつの理由であった。

赤い街道はイーラ湖の湖水のかがやきによりそうように、高くなった太陽にてりはえるように赤い。タラをさしてゆく軍勢は、粛々としてはいながら、奇妙なひそやかなおさえきれぬ歓喜をひそめて進んでゆく。

やがて、そのはるかうしろのほうから、伝令が早馬を走らせて来、そして、いったん全軍が停止すると、なにやらあわただしい動きが見られた。そして、はるかにまがりくねりながらクリスタルへと続いてゆく街道のむこうに、銀色に光るよろいかぶとをつけた一隊があらわれて、はっとかれらを緊張させ——それから、その緊張は、そのおしたてる旗印をみてとけた。それは、聖騎士侯ルナンの軍隊であった。ベック公軍と対峙し、いっときはクリスタル・パレスに突入しての討ち死にを覚悟したルナン侯が、戻ってきて合流したのだ。

銀色の小蛇が、巨大なさまざまな色あいをおりまぜた本軍の大蛇に合流し、飲み込まれた。陣のなかでは、さまざまな歓喜があり、再会の涙があり、くりごとや祝福があった——そしてまた、いっときの小停止のあとに命令が下り、粛々と大軍は動き出す。

カレニアへ——カレニアへ——

そして、マルガへ。

希望をはらんで、軍勢の足は早い。

そしてまた——

その、あらたな一隊が合流した隊列のなかから、希望にもえたつ行軍にそむいて、その本隊をはなれてゆく、一騎のすがたがあった。

いや――

一騎、というのはもはやふさわしくない。その乗り手はもう、よろいもかぶとも身につけてはおらず、むしろそうやってその隊列のあいだから出てくることがひどく不似合いなほどに、一般市民のようにしか見えぬ衣服を身につけ、すっぽりとマントで身をつつんでいたからだ。

それは、リギアであった。

彼女は、隊列からはなれて、赤い街道をはなれ、湖岸にそってルーナの森のほうへ馬を走らせた――それはたいらなクリスタル平野での、舗装された道を走るのに馴れた馬にとっては、あまりはかのゆく道のりではなかった。

リギアはすっぽりと身をつつんだマントをかたくひきよせひきよせ、ほとんど馬上につっぷすようにして馬を走らせてかけもどった。それから、また、手綱をひきしぼり、向きをかえさせて、あてもなく赤い街道をかけもどり、それもむなしく、こんどは馬からおりて、森のなかに駆込もうとするようなそぶりをみせた。だが、それからまた、しおしおと馬にうちまたがり、こんどはうってかわってのろのろと馬を走らせて、湖畔ぞいの道に戻った。

（いってしまった――）

リギアのあおざめ、やつれたおもてにはもう、涙の色もなかったが、その目は、おちくぼみ、一夜にして彼女は何歳も歳をとったかのようにいたいたしくみえた。だが、彼女自身は、そのようなおのれのようすになど、何の注意も払ってはいなかった。

（いってしまった。私を——私をおいて……）

リギアは、ついに、もうこのあたりでは、求めるひとを見出すことはできぬものと、あきらめて、くちびるをかみしめた。

（太子さま……）

馬にのったまま、イーラ湖の見おろせる、湖畔の街道のちょっと高くなったところに馬を立ち止まらせる。湖水をすぎてくる風がここちよく頬をなぶり、まだ空は美しいひるの青紫色だ。深いあざやかな緑が世界をつつみ、パロは素晴しく美しい季節をむかえようとしている。もともと、気候のきわめて温暖で、湖水からの川で水にもめぐまれ、中原一の肥沃を誇るパロは、どこもかしこも風光明媚な国柄だが、なまじあまり住人がいなくて、都市などに景観をさえぎられていないだけに、このあたりにはゆたかな自然がそのまま残されている。

だがその淋しいが美しい風景も、そんなものはリギアの目には入らない。そんなことはまったくどうでもよかった。彼女の心を占めているのはただひたすら、彼女が眠っているあいだに、彼女ひとりを残して——あれほどの誓いと、そして愛のことばにもかかわらず、彼女をおきざりにしていずくともなく去っていった男のことでしかなかった。

「太子さま！」

リギアのくちびるから、思わず洩れたつぶやきは、湖水からわたってくる風にさらわれた。

「いってしまわれた……本当に、いってしまわれたのですか……」

リギアは、胸につきあげる苦しみにたえかねたように、馬からおりた。

かるく首を叩いて馬をなだめてやりながら、あてもなく広い湖水を見渡す――そうしていれば、そのどこかに、恋しい男のすがたを見出すことができるかもしれぬ、とでも思っているかのように。

だが、スカールはもとより草原の民――湖上に、船の上の人となっていようはずもない。それはわかってはいたのだ。だが、もう、あの神出鬼没の彼がこうして姿を消してしまったからには、このあたりには、いるわけがないとわかっていながらも、それでもそのすがたを目でたずねてみずにはいられなかった。

(どうして――どうしてです、スカールさま……どうして……)

問い掛けるまでもない。答えはわかっている。肌をかわし、誓い合った男の心の内――その気性、そのかたくななまでに一途な心根を、理解できぬような彼女ではない。

だが、それだけに、いっそう、彼女の胸は激しくいたんでいた。

(スカールさま……太子さま!)

(どうして、私を――私を草原にお連れ下さらなかったのです。どうして)

そのいらえも、また、問い掛けるまでもなくわかっている。いや、もしも、そうして正面きって、ともにくるか、パロを捨てるか、と迫られたとしたら、おそらく、苦しむのはまさに彼女のほうであっただろう。

(私は、パロの女なのか。――私は、まだ、パロの女なのか。そうであるしかないのか――

パロに生まれて、育ったということは、パロの聖騎士侯の娘に生まれ、あのかたの乳兄妹として育ったということは、たとえどれほどその血をいとおうと、反発しようと——結局は、パロの女として、パロの貴族の娘として、聖騎士伯として生きてゆくしかないということなのか。……いっときは、たしかに——もう、これでいいと思った。ようやく、パロを捨てられる——パロも、父も——亡きあのかたも、リンダさまさえも——経てきたすべての思いも、すべての苦しみもうらみもいたみも……パロにおいてゆけると思った。もう、すべてを忘れて草原の、黒太子のではない、あのかたのおっしゃるとおり一人の草原の男の女として平凡に、剣をとることも国際政治や反乱や世界の運命にかかわることもなく生きてゆこうと。——こんどこそ、そうできると思った……私はいつだって、宮廷も、うわべばかりとりつくろう貴族どもも、めかしこんでいるくせに心のなかは牝豚のような貴族女どもも……大嫌いだった。おのれのふるさとでありながら、パロも嫌いだった……）

（ここにいて、私は不幸だった。ここにいて幸せだと思ったことは一回もない……この国は、そしてクリスタルの石の都はいつも私を不幸にした。どんなに自由なふりをしてみても私の足にはどこかで、聖騎士侯ルナンの娘、という足かせがつながれ——ナリスさま、という重たい、あまりにも重たい首かせもかけられたまま、はずれるときなどありはせず——）

（だから、私は、あこがれていた。自由に草原をとびかう鷹に、広いステップをかける狼に。——アムブラでいかに荒れ狂ってみたところで、無口な傭兵と所帯をもつまねごとをしてみたところで、宮廷じゅうに淫乱女とそしられてざまを見ろと思ってみたところで——私の心は、いつもどこかで無理をしていたし、むりやりに自由なふりをしていることを自分で知っていたし――本当は、パロの女であるかぎり、自由になどなりえないことをずっと知っていた。そう、私はずっと知っていた……私はパロのとらわれびとなのだということを)

(私を自由にして、本当にときはなってくれたのは、あのかただけ――だから私はあのひとを愛した……何回、あのときにあのかたの寝所に忍んでいったおのれの勇気を、あのときああしていなかったらどんなにか後悔しただろうと、めでてやったことだろう。あれは私のこれまでの、難儀でうまくいかないことばかりの人生のなかで最大の成就だった。……あのかたに受入れられ、抱かれて、私は幸せだった。はじめて、私は、このたけだけしい悍馬のような私を苦もなく圧倒し、かよわい女と感じさせてくれるたくましく精悍な、そして雄々しい男に出会った……幸せだった……)

(だけど、ばかな私は――いえ、かせにがんじがらめにされた私は、ついてくるかと問われたとき、うべなうことができなかった。いや、それなら掠ってゆくといわれたとき、それならばのどを突いて果てるとまでいってあのかたにさからった。――でもあれはあのときの私の真実だった。あのときの私には、ナリスさまを捨てることはできなかった。あの傷ついたかたを、さらに私が裏切ってあのかたに決定的な傷をおわせてしまうことはどうしてもできなかった……)

(そう、だから、それも後悔してはいない……だって、太子さまは、それもまた許して下さった……あのかたの広い深いおこころは、私の本当の気持をちゃんとくんで下さって、私のあの無礼きわまりない拒否にもかかわらず、あのかたは、私を愛しく思うままでいて下さった。もうこれですべてを失うのかと、おのれのおろかさに心中泣いていた私の思いをちゃんとわかって下さっていた——そして、草原で……裏切った私をまた抱きしめて俺の女と呼んで下さった。……あのかたは優しい。あんなにたけだけしく雄々しいのに、あのかたは、かぎりなくやさしい……

（だけれど……そう、いつだって、あのかたはやさしく、そして私を裏切り傷つけるのはパロ。——私の憎み、愛し、呪いながら忠誠を誓っている私の生まれた国なのだ。……あれほどの思いであのかたを切り捨ててここに残ったのに——パロに残り、クリスタルに残って……ナリスさまを守り通すためにだけ、それがおのれの運命、宿命だと諦めればこそ、あれほどの愛を、生涯にもう二度と出会えないかもしれない、生まれてはじめて私を満たしてくれた愛をふりきった私だったのに。——だのに、あの二人は、私を裏切った。いいえ、あのふたりには、裏切るつもりはないのかもしれない。だけど、私にとってはそれは充分すぎるほどの裏切りだったわ……こうして、こんなはるかなさびしい湖畔までついてきてはいるけれども、もう認めないわけにはゆかない——私のなかには、かれらに対する、おさえきれぬうらみが渦巻いている。私は、心のどこかでもうきっとかれらを憎んでさえいるわ。私は、私よりもナリスさまを選んだといって——ヴァレリウスに怒り、ヴァレリウスを生涯の伴侶に選んだといってナリスさまに腹をたてている。それはあるいは、野望や真理を愛と幸福よりも重大だと思う男たちに対する、女たちの怒りなのかもしれない。そう、私は……リンダさまの分までもあの二人に腹をたてているのだもの。私がいったところでせんないことだと知

りながら、私は激しくかれらに怒り、憎いと思っている)

(そう、もう認めてもいい――それは、嫉妬だわ。嫉妬かもしれない――だが、これ以上強い感情はそうあるものではない。私を拒否し、私を疎外し、誰にも入れない二人だけのあんなに強すぎるきずなを作り上げてしまったあのふたりに対する――しかもそのふたりは本当なら、私がこの世で一番ちかしいと信じていたふたりだった。私の、同じ母の乳を吸って育った乳きょうだいであり、そして私の忠誠と愛憐の対象であるあのひとと、そして、いっときたしかに私が好ましいと思った男。――子供のように、駄々っ子のように拗ねているといわれてもしかたなかったかもしれない――だけれど、そうして、誰よりちかくにいると自負してひそかにそれを誇らしく思っていたあいて二人が同時に、私の入れない場所を作り上げてしまって、私を拒んだのだから、私が拗ねても怒りを感じても当然だったはず。でも、それでも……)

(それでももう、すべては浄化されたと思った。あのかたの死で――不幸な、志なかばの死ですべてを許そうと思った。あのかたは、可愛想な人なのだから……ついに、おのれ自身とめぐりあうことなく、おのれをも回りをも理解することなく――ただ幼い子供のように自分の不幸にだけとらわれ、そのためにおのれ自身をもついに滅ぼしてしまった、そんな可愛想な魂がついにやすらぎを得たのだったら、すべては許せる――私などのたかがひとりの女のこんな悲しみも苦しみもうらみつらみも、そんなものはすべて、あのかたの苦しみの向こうに消えてゆく、私はすべてをすて、何もかもを許して、パロを出てゆこう――そう思った。

自由になることで、すべてのうらみを忘れて――自分自身になって、残りの人生を自由に生きるために。私はまだ若い――そしてこれからさきは、私のかたわらにはつねに太子さまがいて、私は太子さまのためにだけ生きてゆけばいいのだ、そう思ったから……いまようやく、かせがはずれて自由になった囚人が、あまりにも長いことかせにつながれていて足が萎え、おのれが歩けることも走れることも忘れていたみたいに、おののきながら、もう一度はじめから生き始めてみようと思った……）

（だのに――だのに……）

（だのに、あなたはいってしまった――あのふたりはまたしてもあなたと私をさまたげ、裏切り――こんどは、納得がゆかない。こんどはどうしても得心することができない……たとえ、戦法のためにはそうとしかすることができなかったのだと頭は理解していても――パロへの忠誠は、たぶんヴァレリウスが正しいのだろうと思おうとしてはいても……）

（でも、私の心がどうしても理解しない……することができない。頭が納得しても、心がうべなうわけにゆかないと叫んでいる。だって、あのひとはいってしまった……私にもうひとたび、選ばせてくれる手間もかけることなく――でもそれは当然だわ。私があのひとでもそうするだろう。もう、私は自分がどう選ぶだろうともいまはまったくわからなくなってしまっているし――それこそ錯乱してしまうかもしれない。あのかたは、私をまよわせまいとしたのだし、また、迷う私をごらんになるのもイヤだっただけ。そのあのかたの気持は、痛いほどよくわかる――だって私はあのかたの女なのだもの。あのかたはかりそめにも、心をかけなくては、おのれの女とひとを思われることはない……）

（そう、私は、アルゴスの黒太子スカールの女――もう、それ以外に何もないはずだったのに。――ああ、またしても、パロが私をひきもどし、幽閉し――あまつさえ、私をひきさいて粉々にした……）

（あのふたりには、それもまた、どうでもいいことに違いない。それもわかる――ふしぎとそのことにはもう、うらみは感じない。それはそうでしかありえないだろうと思うから。私など――つまるところ、たかがリギアひとりの喜びも悲しみも、私の人生そのものだって、あのふたりにとっても、パロの未来にとっても――この世界全体にとってもまったくどうでもいいものでしかない。そう、私とあのかたが、幸せになろうとなるまいと……世界の大勢には何ひとつ影響などない。それもわからぬほどに思い上がってはいない。すべて、こうするしかなかっただろうし、これが唯一正しいのだろうということもわかる）

（だけど、ここにはもう、お前の場所はないわ、リギア――太子さまは私に選ぶ時間さえも与えて下さらなかった――そしてたぶん私も……父もああして生還したからには、父を捨てて草原へ走ることもできない。なんておろかな女、下らぬ因習や情愛に縛られて、なんておろかな、なんてつまらない、なんて勇気のない女だろう。とうてい、あの素晴しい草原の鷹にふさわしいなどとうぬぼれることなどできぬくらいに……）

（でも、老いた父を捨てることはできない……いっそ死んでいてくれれば、あの頑固一徹で何ひとつナリスさまのほかのものの見えない、融通のきかぬ頑固親父がいっそクリスタルで戦死していてくれれば、どんなにかいたむことも、悲しみ、素直に涙を流すこともできたわ――ナリスさまと同じように。でも、父上も生きてここに戻ってきてしまった以上、私には――私には……）

（なんて馬鹿なのかしら、お前は！　認めるのよ、リギア――お前はこんなところまで追い詰められてもまだ、父上に軽蔑されたり、父上を失望させ、お前をそんなふうに育てた覚えはない、などといわれる、たかがそれだけのことがこんなに怖いんだわ。――怖いというより、イヤなのだわ。父の目に失望とさげすみの光が浮かぶのをみたくない。それだけなのね……それだけのために、お前は、いっそ父が死んでいてくれたら自由になれる、そう念じていたのね）

（ああ……これは、罰かもしれない。そんなふうに親不孝な考えをいっときでもいだいた私の――父上がいなければ自由になれる、父上が亡くなられたら、それを確かめて、ろうそくの一本もたむけた上で草原に行こう――重荷をとっととおろして、父上もナリスさまもヴァレリウスもパロも――すべてを忘れてスカールさまと幸せになろうと、そう思ったことへの、これはこの上もなくにがいにがい罰なのかもしれない）

（ああ、でも――私だって、ひとなみの幸せを願う権利くらいは、あったってよかっただろうに！　というか、それくらい、私にだって許されてしかるべきだと、一生にいちど思ったことが、そんなにも呪われなくてはならぬような、そんなにも罰されなくてはならぬようなことだったのだろうか――）

(私を裁くのは誰なの。……いったい、なぜ、これほどにすべてを捧げても、私は裁かれなくてはならないの――もう、私には何もない。何ひとつない……もう、パロへの忠誠もない。父上へも、こんな親不孝な思いを抱いたと思いながらその顔を見るに見られない。――かつて好きだった男も、いとおしんでいた弟も私を去ってしまった。――スカールさまもいない。こんなにも愛して、何から何までぴったりとあっていると思った男ははじめてだったのに。あのひとは私を残して草原へいってしまった。私が追いかけていったら――もういちど、あのひとだけを選んだと告げるために草原にいったら……あのひとは、私を受入れてくれるだろうか。それはきっともちろん、受入れて、あのおだやかなほほえみで私を見つめて下さりはするだろう。だけど、ああ、だけど、そうじゃない。だけど、それは違う。いま、なんであのかたが私をおいて行ってしまわれたか――それは私にはよくわかっているわ、そうね、リギア――パロのほかの人間たちではわかるまい。多少なりとも草原の思いを理解するから太子さまは私を俺の女とよんで下さったのだし、だからこそ、私にも草原の男がどう思い、どう行動するものかわかる。――太子さまは、追い詰められたのだ。私が草原を選び、パロへの忠誠、ナリスさまに捧げた剣を裏切ったら、太子さまは私を信義を裏切った騎士とさげすみ、もうもとどおりすべてを認めて愛しては下さるまい。――といって、私がナリスさまを選ぶのは、いまの私にとってはもう、いつわりの道でしかない、そのこともスカールさまはわかっておいでになった。――右するも、左するも、どこにもゆきつけぬ袋小路、そう思われればこそ、あのかたは、私をおきざりにし、私になにも問い掛けないでいってしまい

になった)

(そのお気持が、本当は私への最大の愛情だったのだわ、リギア……そうよ、リギア……)

## 2

リギアは、ふと、目をあげた。

風が、ちょっと強くなってきている。びょうびょうと湖水をわたってくる風のうなりが、はるかな草原を思い起こさせる。草原では、いつも、上空のほうにつよい風が吹いていた、とリギアは思った。

(なんて——さびしい湖水だろう。なんにもない……なんてさびしい地方だろう)

(いっそこんなところを一生幽霊になってさまようくらいなら、アムブラの石づくりの雑踏と猥雑さのなかにうずもれて、何も物思わぬ町の女になりおおせて残る一生をついやしてしまうほうがよかった……)

もう、軍勢は、すでにかなり遠くにいっているらしい。

最後尾のほうは、かすかにざわめきがきこえはするものの、道が湖のかたちにそってくねといりくんで曲っているために、もうまったくすがたは見えない。それのあとをくっついてゆくこのへんの住人もとっくにいなくなっていたので、リギアは、いま、この湖水を見下ろす淋しい丘の上に、たったひとりだった。

それが、いっそうの寂寥感と虚無感を誘った。

（なんだか――もう、私の一生はすっかり終わってしまったような気がする。とても歳をとった老婆になってしまったみたいな――そう、百歳の老婆にでも、なってしまった気がする……）

（もう、愛に出会うことも――もういちど自由を望む気力も……この石の、ひとを不幸にする国から脱出できると信じる希望もない……なんにもない。何もなくなってしまった。私には、何ひとつ……）

リギアは、その場に、脱力したようにうずくまった。この道はもともと巡礼や隊商など旅人たちのルートになっているところでもない。右にも左にも、もうひとかげはなく、ただはるかな湖水の上で、ゆらゆらと魚をとる小舟がいくつもゆらめいているのが見えるだけだ。

（草原へいって――もうお前に用はない、お前はナリスともどもパロに一生を捧げるがいい、といわれてしまうことを――私は、狂うほどおそれ、おびえている……）

（もう、とても、裸になってあのかたの寝所にしのんでいって、お願いして抱いていただいたときのように勇敢にはなれない……そうするにはきっと、私はあのかたを好きになりすぎてしまった……なんだかいまの私は本当につまらない、ありふれた、何の勇気もない平凡なただの女だわ……）

（なんだか……）

リギアは黒いマントをすっぽりかぶったままうずくまった。彼女のそのすがたは、赤いレンガのなかば色あせた街道の上におちた、黒い袋のようにみえた。

(なんだか、疲れた——本当に疲れてしまった。もうたくさん——世界の平和も人間たちの明日も……パロの覇権も……忠誠も、父上のことさえも。……もう、私は、戦えないし……戦うなんて——剣をとることなんて考えることもできない。ナリスさまは生きていらしたかもしれないけど、私のなかでは——私のなかでは確実に、何かが死んで、死に絶えてしまった……)

(なんだか、おかしいわね、リギア——おまえは、若くて綺麗だといわれていて、淫乱だといわれるほど男たちにもてて——ちやほやされて楽しくやってきて、手に入らぬものなどないと思っていて……勇敢で、剣も強くて、気性も勝っていて——宮廷の気取ったお上品な貴婦人ばばあどもを、下品なものいいや男の格好でびっくりさせてひっくりかえらせてやるのが死ぬほど滑稽で面白いといつも思っていたものだわ。そして、ナリスさまへの忠誠にひたすら燃え、あのかたを理解できるのは私しかないと思っていた。そして——あの暗い目をした醜男が私にのぼせこんでいるのを、滑稽だけど可愛らしいと思っていたものだったわ。——スカールさまに受入れていただいたとき、この世のすべてだって手にいれられると信じた。……なんて、ばかなリギア——世間知らずのお嬢様まるだしみたいに)

(いま、こんなにも何もなくなってはじめて、それでは結局ひとの取り分なんて、最初にちょっと大きくみえようが見えまいが、さいごには同じだけになってしまうんだと気づくなんて……たくさんのものを持っていればいるほど、それを失ったときにたくさんのものを失うことになるんだと、今気づくなんて……）

（ああ、でももう何も考えるのはよそう。考えるのはあしたにしよう……それからでも間に合うわ。私はもういまは……ただ、疲れた。ひたすら、疲れた……）

（ナリスさま——ヴァレリウス。もう、あなたたちのもとへ帰る気はなくなりました。……というより、いまはもう、あなたたちにどういう忠誠をむけていいのか私にはわからなくなってしまった。私はもともと単純でそれほど知的でもない女で、私にとっては忠誠も世界もそんなにややこしいところではなかったのよ。——だからこそ、草原の男とあんなにも気持がしっくりといったのだわ。でも、あなたたちは——あなたたちこそきっすいのパロのかたまりのような二人だわ。あなたたちにどのような真理があろうと、世界がそれによってどう救われようと、私は——私はあなたたちの真理では救われない。私はただ、スカールさまと草原と自由だけが欲しい）

（私みたいな単純で一本気な人間には、あなたたちはあまりにも複雑で、病んでいて、闇にちかすぎるわ……）

（ナリスさま……ご無事でおいでになったことを心からお喜び申上げます。……リギアはもう、おそばにはおりませんけれど——お気にはなさいませんわね。あなたにはもう、ヴァレリウスがおりますもの。あなたはもう、ヴァレリウス以外のものは本当は必要となさってもいない——単純で直感しか信じないリギアには、そんな気がしてならないんです）

（たぶんあなたたちのやっていることは正しいのだけれど——でもそれは、決してパロを救いもしなければ——中原の救いになりもしない……でもういいんです。あなたたちは永久に二人で、さいごの暗い黄泉の道を下ってゆくときまで、たがいだけを信じてむすびついていれば。——きっと、ディーンさまに出奔されたいたみも、イシュトヴァーンに裏切られたことも……ナリスさまの味わったたくさんの傷を、みなヴァレリウスがつぐなうことになったのでしょうね——それも、でももうこうなったらヤーンのめぐりあわせだわ。そう、だからいまなら——）

（いまなら、私も、何も案ずることなく、あなたのおそばをはなれてゆけます、ナリスさま……）

（父上にももう——父上は幸いにしてごく単純で頑固なだけの武人、私の感じるようなこんなややこしい心の葛藤はお感じにもなるまい。——これからは、父上がおそばで思う存分ナリスさまをお守りすればいい）

（ああ——とうとう、何ひとつ——本当になにもなくなってしまった……）

リギアはうずくまったまま、かわいたまなざしで、かがやかしい湖水をじっと見つめていた。

風がまたしても、ヒョオオオ、とかすかな音をたてる。

そのときであった。

ふいに、うしろから、かるく肩をたたかれたような気がして、リギアは飛上がった。スカールか、と突然の狂おしい希望がつきあげたのである。

「太子さま――あ……」

思わず叫びかけて、ふりかえって苦笑する。リギアのほうにうれわしげに、心配そうに長い顔をさしのべているのは、リギアの愛馬であった。

つながれてもいないのに、走り去ることもなく、いたってお行儀よくあるじの乗るのを待っていた愛馬が、まるであるじの心痛を知って案じているかのように、ぬれた鼻づらをそっとさしのべて、リギアの肩をつついたのである。ブルル、と荒い鼻息がリギアのマントをゆらした。

「まあ」

リギアはちょっとだけ、泣き笑いのように笑った。

「ずいぶん、心配してくれるじゃないの、マリンカ?――お前はいい子ね。……何を心配しているの。リギアさまは、そんなにかよわい、普通の女じゃないのよ……何も、お前にそんなに案じてもらうようなばかなことはしやしないのよ……あの湖水に飛込むことだって、刀に身をたおすことだって――そんな意味のないことはしやしないわ。そうでしょう、マリンカ」

マリンカはもとより答えない。だが、その茶色の、長いまつげにいろどられた大きな瞳は、まるでリギアのことばをすべて理解してでもいるかのように、同情的にリギアをうつしている。

リギアは突然、もうかわきはてたと思っていた目にちょっとだけ涙をこぼした。だが、そ

の口もとは笑っていた。

「いい子ね」

リギアはいい、マリンカの太いしなやかな首に手を下からまわして抱いてやった。

「本当にいい子ね、マリンカ。——そうね、本当に何もかも失ったなどということはない。それはただの感傷的ないいぐさね——ここにはお前だっているし——この空は草原に続いている。この空のはてまでゆけば——太子さまがいらっしゃる」

リギアは、ゆっくりと立上がって、愛馬の首を叩いてやり、そのたてがみを指きですいてやった。

「太子さまは草原に戻って——そして、やっぱり、何があろうとアルゴスの黒太子スカールとして誇らしく、ご立派に生きておいでになるわ。——ヤーンが許すならば、きっといつか、私たちは本当にひとつになれるに違いない——太子さまもまた、この、ナリスさまとヴァレリウスの計略をこころよく思われず、釈然としないままに、裏切った祖国に戻ることもいさぎよしとせず、どこかへたってゆかれたのだから……」

「ああ……会いたい。お目にかかりたい。会って、おそばにいたい、あのたくましいからだに抱きつきたい……」

（あのおひげの下のくちびるにキスしてほしい。あの……あの太い腕に抱かれ、俺の女——そう呼んでいただきたい。あのたくましい胸板にこの身を投込み、自分がとてつもなくかよわく、かぼそくなったような——こんながっちりした筋肉だらけの女の私が、リンダさまみたいに華奢でかよわくなったようないい気持を味わいたい。……あのかたと肌と肌をすりあわせ、あのかたの野性的なにおいにつつまれ、あのかたの——あのかたの——ああ、あのかたのおからだをあたしの中に感じたい……狂うほどにつきあげられ、何もわからなくなって、真っ白になった頭のなかで、ただあなたを好きだということだけ感じていたい……ああ、太子さま——スカールさま……)

(あなたが恋しくて——恋しくて恋しくて、リギアは狂ってしまいそうです……)

リギアは、おのれをわらうかのように、マリンカの長い鼻面に頬をすりよせた。

「行こう。マリンカ」

あまりにも渦巻く思いをふりきるかのように、リギアはささやいた。そして、あぶみに足をかけて這い上がり、馬上の人となった。一気に視界がかわる。目のたかさにあった湖水が、眼下にひろがる青い鏡となる。

「どこへ——ときさもしないね、お前は——当然だけれど。そう、私も知らないのよ、どこへいって、何をすればいいのかは。だけど、もういい。もうとにかく、ここにいるつもりはないわ。どこかへゆこう。お前と一緒に——そこで私の運命がどうなってゆくのか、すべてをヤーンのみ手にゆだねて、私は……パロのことも、ナリスさまのことも、老いた父上のことも——いまは太子さまのことさえ考えまい。私はただ——ただ、ヤーンのお心を見出しにゆくのだ」

リギアは鞭をあてもせず、拍車をあてもしなかった。が、よくしつけられたマリンカ号は、ゆるゆると、リギアをのせたまま歩き出した。とりあえず、その愛馬の鼻面のむいたほうにゆくだけだとリギアは思った。

「連れていって、マリンカ」

リギアはそっと、馬のたてがみに身をふせながらささやいた。

「お前がどこにゆくのかを、私の辻占にしよう。……クリスタルだけはだめよ、もうあそこにも、マルガにも戻りたくはないからね。でもあとはどこでもいい。お前の気のむくままに、私を連れていっておくれ。そして、そこで――私のこんなやぶれかぶれの人生にも、まだ何か残っているのかどうか、見てやることにするわ。どうせもう、私には時間はたくさん――いやというほどあるんだから。そうでしょう、マリンカ」

＊

そうして――

ひそやかに、一騎がこの行軍からはなれていったことを、気にとめるようすもなく――カレニアへ、カレニアへと、軍勢は急いでいった。

負傷者たちはまとめて最後尾に馬のひく車にのせられ、タラの村でとりあえず手当をうけてから、カレニアに同行を望むものはおいおいに追い付いてくるようになっていたが、あまりにも重い傷をおったものたちは別に小隊一をつけて護送され、ジェニュアに送り返された。ジェニュアならば、ヤヌスの慈悲を称揚する神殿都市ゆえ、負傷者にきびしくあたることはない。

だが、多少の怪我などものともせずに、包帯をまいたまま進軍に従っているものも多くいた。クリスタル義勇軍も、かなり勢いをとりもどしていた。というか、クリスタル義勇軍が一番、元気よくなっていた、というべきだったかもしれない。

騎馬の民の一軍はもうかれらの前にはあらわれなかった。それも、ナリス軍の面々には、やむをえざること、当然のなりゆきとして受け止められていた。かれらがいまおそれているのは、国王軍による追撃であったが、そのおそれが最大になるのはタラの村に到着したときになるはずだった。ヨナとヴァレリウスの計画では、ナリスの棺をのせた船に、できうるかぎりの警備をつけてイーラ湖を対岸にわたらせると同時に、いそぎその前に湖岸まわりで到着地点にまわりこむ一隊を作って、ナリスと司令部の到着を待たせ、できるかぎり安全にナリスをイーラ湖を渡してダーナムへ送り込みたい。ダーナムには、サラミス軍の残り半分が駐屯しているし、ダーナムを守るダーナム騎士団にも、ヴァレリウスからの密書がとんで、おおむね話はついている。ダーナムはナリスをパロ王として受入れてくれるはずになっているのだ。

ダーナムで、態勢をたてなおし、まっすぐにマルガへ――マルガからは、もうカレニアは目と鼻だし、ダーナムからマルガまでは、あやういようで、その西側にサラミス公爵領がひろがっているから、サラミス騎士団の支援を比較的得やすい。

「だが、問題は――」

馬車のなかで、ヴァレリウスとヨナとは、計画の見直しに余念がなかった。

「まずひとつはダーナムで国王軍にさきまわりしてまちぶせされたら、ということが最大。それからさらに緊急な危険としては、イーラ湖を渡るその船の上、ということだな」

「さようでございますね。船の上はのせられる人数に限りがありますし、イーラ湖で用意できる船はそれほど大きなものはもともとそう何隻もありません。また、あるていど大きな船を用意できたとして、それで船団をくんで渡ろうにも、所詮湖の上では、となりの船をどのていど警備できるかは限界があります」

「そう、それに、こちらの兵も、三つにわけて、御座船の警備をする隊、さきに陸路ダーナムへ先回りする隊、そして残って船の出発を守ってからいそぎ追い付く隊にわけなくてはならない。——どれほどうまくこの三隊にわけられるよう割りふっても、とにかく兵力が三分されることは避けられない」

「その上に、ダーナムへあらかじめまわりこんでいるためには、かなり大きくイーラ湖をまわりこまなくてはなりませんから、最低限、もっとも早い時間だけを見積もって計算しても、まる二日はゆとりが必要になります、御座船の出発までに。となると、この二日のあいだは、かなり手薄になった我々だけでナリスさまをお守りしなくてはならない」

「といって、陸路ずっとナリスさまをダーナムへ、イーラ湖をまわりこんでお連れするのは時間がかかりすぎる——イェライシャ老師のおことばでは、本当はそろそろ目覚めさせたほうがいい——あの術は、眠らせている時間が長ければ長いほど脳に影響が出てしまうので、できればなるべく早くお目覚めいただきたいところだそうだ。だが、お目覚めになったあとはかなり厳密な静養が必要だということだから、なおのこと、お目覚めいただくのはカレニア到着後が望ましい……」

「それに、湖上路も危険ですが、イーラ湖の西側まわりの赤い街道もかなり、これだけの長い時間になると危険をはらんでいますし。なんといっても、その西端側になればかなりエルファの砦にちかづくことになります。エルファはいまのところ何も、どちらにつくとも態度を鮮明にはしていませんが、その分、国王軍側に説得される危険も充分にある。むろん、多少の密書や密使はだしてありますが――」

「いま、エルファには、一千人の国境警備隊が駐屯しているくらいで、さしたる兵力ではないが――ダーナムまわりの軍を送り出して手薄になった我々を狙われればこれはこれでかなり危険だしな」

「私としてはもっとも心配なのは、湖上ですが。やはり、湖上というのは、また特殊なところで、ことにあいてが魔道師であることを考えると、大地からきりはなされ、船の上にいるという状況は非常に怖いですね。これは魔道師であるヴァレリウスさまのほうがもっとよくおわかりでしょうけれども」

「ああ。それについては私もずっと考えているのだが――しかしともかく、どう考えても、陸路ダーナムをめざすのがきつい以上、あとはタラから水路をとるほかはない。それにまあ、逆に……考えれば、こちらには、イェライシャ導師がおられる。魔道師どうしの、魔道のたたかいということになれば、イェライイシャ導師をあてにすることができる――むろん、導師のお力だけをあてにして、われわれが油断していていい、ということではないが。しかし、魔道師のおきてによって、イェライイシャ導師がおいでになろうとも、魔道の介在しない、一般人どうしのたたかいには、導師のお力はかりられない。状況をみたりする程度ならばともかくだな。それを思えば、魔道でかかってこられればイェライイシャ導師をあてにし、それ以外では力ではねのけてなんとかこの、ダーナム・ルートを強行するほかにいい思案もあるわけではない」

「実はその魔道師どうしのたたかいということで、私はもうひとつ、ちょっと気になっていることがあるのですが……」

ヨナがいいかけると、ヴァレリウスはかるく制して、肩をすくめた。

「わかっている。〈闇の司祭〉のことだ」

「そのとおりです。〈闇の司祭〉はその後この展開をどう考え、どうからんでこようと考えているのでしょうか？　決して、〈闇の司祭〉自身もこの、イェライイシャ導師がナリスさまのうしろだてにつく、という状況をこころよくは思っていないはず――そのうしろだての立場こそ、まさに彼がしきりとねらっていた場所だったのですから……」

「ああ、まさにそのとおりだ」

ヴァレリウスは苦笑した。

「彼はまさに、そうやってナリスさまの勢力のなかに入り込んでこようとして、私をクリスタル・パレスから救出することまでしたのだ。それも結局のところ、竜王の作ったワナにのせられていたのではあったが——その意味では、どうも残念ながら、〈闇の司祭〉よりも、キタイの竜王のほうが確かに一枚上手だとはいわざるを得ないな——」

「それはまあ、しかたないことかもしれませんが……なんといってもキタイの竜王はキタイ一国をああしておのが手中におさめてしまうほどのすさまじい力をもつ存在だったのですから。——いかに、おのれが見せかけようとしているよりは、本当はそこまでは力がなかったのだろうといったところで、その力は、パロ魔道師ギルドが総掛かりになってもかなわぬものであったのは確かですし——あ、これは失礼なことを申上げました」

「ちっとも、失礼なことはない、ヨナどののいうとおりだ」

ヴァレリウスは顔をしかめた。

「私も実はこんどの冒険行でかなり考えがかわった。——いろいろと、おそろしいほどにうちのめされたり、考えさせられたりして、多少、人柄がかわったくらいだよ、ヨナどの。……その最大の変化は、いったいおのれがこれまで信じてすべてをささげてきた白魔道と、そして魔道師ギルドの役割とは何だったのだろうということだな」

「これは、危険きわまりないことを」

「ちっとも危険なことはない、ギルドに忠誠を誓うものなればこそ、ギルドがより力をもつ、より正しい存在になってほしいと念じるから改革を思うのは当然だ。パロ魔道師ギルドはそこまでかたくなな封建的な組織ではない——と思う。だが、これは私には相当な衝撃だった……このいくさと旅において、魔道師ギルドのなかで安閑としていた我々ではとうてい太刀打ちできないような魔道師たちがこの世にいくらも存在しており、そしていまやその人々が、もうかつてのように伝説のなかに、ノスフェラスあたりにひそんでいるだけではなく、どんどん、こうして中原に働きかけてきたのだ、ということは」

「そう——でございますねえ。そのへんになるとさすがに、多少は魔道学をかじっているというくらいで、魔道師ではない私にはなんとも……」

「もうじき、中原はかわる。いや、世の中そのものが変わってしまう。根底からかわるだろう、ヨナどの。私にはようやく、そのことが見えてきた」

ヴァレリウスは熱心に膝をすすめた。

「これは、いましている軍議とはかかわりがなさそうにみえるが、そうではない。いずれそのことがさらに大きな目のまえの問題となって我々の前にたちはだかってくる。いまならばむしろまだそれに対処することもできる——だが、この先にすすんだら、きっと、いかに長い伝統を誇るパロ魔道師ギルドといえども、このまま安閑と手をこまねいていたら、たいへんなことになる。いまや世の中はかわろうとしている——ヤンダルが持込んできたのは、決して、ただの力による侵略ではなかった——もっと、重大な、たいへんな変革だったのだとおもう」

「ほう……」

「本当は一刻も早くナリスさまにお目ざめいただき、私の見聞きしてきたことすべてをナリスさまにお伝えしたい。お伝えして考えていただきたい。私などよりも、ナリスさまのほうがはるかに——ナリスさまは、いながらにして、魔道師でもないお身の上で、ことの真相を見抜いておられた。私が見聞してきたことすべてをナリスさまならばきっともっとよく、理解し、解釈していただける。それはとても大事なことだと思う——パロのみならず、世界にとってだ。世界はかわるよ、ヨナどの——しかも、それはよいほうにかどうかはわからない。だが、世界は変わってしまう。それはもう、どうすることもできない。世界はこれまで我々が考えていたような平和なところではなくなろうとしているんだ。ヨナどの」

# 3

「これは、過激なおことばをいわれる」

ヨナはたいして驚いたようすもなくいった。

「よほど、おどろくべき見聞をしていらしたのでしょうね？　私も、そのことはとてもうらやましいと思いますが——結局魔道師でない私にはなかなか想像がつきません。……といって、普通人のように、何も知らぬからこそ平和に幸福に暮らしているということもできないし。結局私などのようなものが一番中途半端なのでしょうね。ときたまつよくそう思います。失礼ながら、私やナリスさまのようなものが」

「いや、そういう人たちこそ、もしかしてわれわれ魔道師よりずっとよく事態を把握できるのかもしれないという気がする」

ヴァレリウスは考えこみながら、

「ともかく、私はまだ自分の見聞きしてきたものについて、すっかり考えを整理できていない。あまりにもたくさんの驚くべき体験をし、あまりにも、伝説のなかにしかありえないと思っていた偉大な魔道師たちにふれたり、そのことばをきいたりしてしまった——だが、ひとつだけどうにもならぬほどはっきりとしたのは、そうした偉大な魔道師たちが活躍していた時代はとっくに過去のものとなり、いまはもう、魔道というのは、世界にとっては、ごく一部の、専門知識と魔道十二条によっておさえつけられていた、限られた職業的な魔道師たちだけのものだ、と頭から思い込んでいた我々の油断こそが、こういう——伝説の魔道師たちが次々とあらわれて跳梁跋扈する状態を招いたのだ、ということだ」

「……」

「ヨナどの。これは大変なことだ。時代はかわる——世界もかわる。そして、また、魔道が世界に大きく影響をあたえ、君臨する時代がくる——いま、ただちにはおとずれなくても、このままゆけば必ずそうなる。そのときには……たぶん、科学でさえ、魔道に仕えるものになってしまうのかもしれない。少なくとも、ヤンダルがしようとしているのはそういうことだ。一番おそるべきなのは、ヤンダルがパロを、中原を征服することはそれがキタイの属国になるということじゃない。そうではなく黒魔道が支配する世界がこの地上にあらわれてくる、ということだ。……だからこそ、これはたいへんないくさなんだ」

「……」

「イェライシャどのがわれわれについて下さったのはもっけの幸いの幸運だったが、しかし、それも実のところ、イェライシャ導師ご自身が、そのなりゆきについて非常な恐怖というか警戒心を持っておられたからのことだと思う。——ヤンダル・ゾッグと〈闇の司祭〉が中原の覇権をうばいあうのが中原のつねのすがたになろうものなら、中原の平和は永遠に不可能になる――かれらには、寿命がつきてついにその野望がなされずにおわるだろう、という希望さえもない。なにしろ、かれらはおのれの寿命さえも魔道によって左右し、何百年も生きている――ヤンダルは死人をあやつり、グラチウスもそうだ。そして人間の精神をもあやつって《魔の胞子》などというこざかしい術であやつり、人間の自由をも運命をもあやつってしまう……かれらの思うままにまかせておいたら、人間はもう二度と正常な人間としての生活をおくることはできなくなるかもしれないのだ」

「それは……そのとおりかもしれませんね……」

「私は……ナリスさまに一刻も早くお話したい」

ヴァレリウスはかすかに唇をふるわせた。

「人間が人間のままであるということ、それが、黒魔道がしだいにその不吉な翼をひろげてくるこの世界のなかで不可能になりはじめているのかもしれない、と。――われわれは――パロ魔道師ギルドは、あまりにも、魔道を専門職としておさめた、というだけの普通の人間だ――ちょっとだけ専門的な知識や肉体を鍛えて持っている、普通の人間にすぎない。だが本当に力のある魔道師たちというものは、まったく、普通の人間のそうした喜怒哀楽など、縁も関心もないのだ」

「………」

「我々はこのまま、人間のままでいられるのだろうか？　それは、いてもいいのだろうか？――私はそんなことさえ考えてしまった。考えずにいられなかった――いっそ、魔道を学ぶ者のはしくれに名をつらねる身として、このさき魔道の世の中が、魔道が支配的となる世界がやってくるほうが正しいのだと考えてもいいのだろうか？　とさえ……だが、やはり私はパロの人間だ……まだ充分すぎるほどに普通の人間でもある」

「まあ――それは……」

「パロ魔道師ギルドに属している魔道師だ、ということは、人間でなくなるということを意味しない。それが問題なのだと思う――私が出会ったそのおそるべき魔道師たちは、いずれも、ある意味ではまったく人間ではなくなってしまっていた。それは、イェライシャ導師でさえそうだ。……もう、人間の感情や喜怒哀楽や人生、肉体にかかずらうことや、通常の社会への関心も失って、より巨大な、より暗黒な秩序に目をむけること……それがもしも、歯止めがなくなったら――いまはまだ、かろうじて、魔道十二条という最低限のおきてを、守っている魔道師のほうが圧倒的に多い。だからこそ、このまま世界はおさまっている。人間たちも、普通に人間として暮らしていられる……だが、ヤンダル・ゾッグがパロを支配したら……それに対抗して、もし我々がグラチウスに頼っていたら……」

　ぞっとするのをこらえかねたように、ヴァレリウスは激しく身をふるわせた。

「グラチウスはすでにユラニアという一国をおのが思いのままにあやつろうとした前歴がある。――が、それは、あくまでもグラチウスが、影の存在として、裏側からユラニアをあやつろうとしたがゆえに、魔道の力は表面化せずにすんだし、それゆえに、ケイロニアが介入したとき、ことはただ、ユラニアの崩壊、という結果だけですんだ。――まあいうなれば、人間界の出来事の範疇内ですんだのだ。だが、もしも、ヤンダル同様にグラチウスがすべてのおきてをかなぐりすて、その力をすべて地上の、人間たちの世界に対してときはなったとしたら——」

「ヴァレリウスさま……」

「そのときには、魔道の力と力がぶつかりあい……普通の人間たちはただその力にまきこまれ、まきぞえをくらって叩き潰されてゆくだけのみじめな虫けらと化してしまうだろう。——それほどに、超魔道師たちの力は大きい。……それに対抗するにわれわれ魔道師ギルドは何の力にもなれなかった。だが、それは……われわれが人間界の秩序のなかで生き、その平和と安穏を尊敬することを信条としたからだ。人間であろうとすれば魔道の力をもつことができず、魔道の力をふせぐためには、人間のままではどうにもならない——この矛盾をなんとかして解決し、早急に、この世界の魔道にむけての変化と変質に対応するすべを探さなくてはならない。でないと……いずれ、ヤンダルだけではない、グラチウスだけではない——さまざまな魔道の力をひそかにかさねた黒魔道師たちがいっせいに、思いどおりに世界を切り取ってやろうというおそるべき野望を抱いて襲いかかってきたとき、本当に、これまでわれわれが営々と積み重ねて守ろうとしてきた中原の秩序は、まちがいなく崩壊し去る……」

「本当に、そんな時代がやってくるのでしょうか」

ヨナはいくぶんくちびるをふるわせた。

「たまたま、いま、もろもろの力が結集してたがいに影響を与えあったがゆえに、こうした事態になっているというだけなのではないのでしょうか？——黒魔道師たちがすべて、これまでおしひそめられていたキバを人間界にたいしてむきだす、というような予想は——あまりにも奇想天外というか……非日常的に思われて、たぶん、誰もそれをどう受け取っていいかわからぬでしょうし……それに対するそなえなど、魔道師の王国といわれたパロの住人であるわれわれにさえない。ましてや、魔道など、まったく子供じみたそらごと、遠いむかしに終わった神話の時代のできごとだとしか思っていない、ゴーラ、ことにモンゴールや、沿海州、草原の人びとにとっては……」

「そう、だから、かれらこそまるきり無防備にその侵略の前にさらされていて、しかもそのことに気づきさえしていないということになる」

ヴァレリウスは沈痛にいった。

「いま、パロが正常化しうるかどうかこそ、たぶん、この世界の変質をくいとめる最大の防波堤だと私は思うのだ。だから、勝たなくてはならない——そして、黒魔道師どもに、われわれ、普通の人間はそれほどに無力ではないと思い知らせてやらぬかぎり、かれらは、われわれのことを、どのようにでも刈り取れる美味な果樹園の果樹のようにしか思いはしないだろう。いつまでも、イェライシャどのだけを——あるいはイェライシャ殿のような白魔道師の恩恵だけをあてにしているわけにはゆかない。それではまったく、ヤンダルからのがれるためにグラチウスに頼るのとかわらぬことになってしまうし、そもそもイェライシャどのほどに有力な白魔道師自身が黒魔道師にくらべるとずっと数が少ないし、それに、力そのものもおそらく全体に白魔道のほうが弱い。それは当然だ。黒魔道は、魔道にとって一番必要なもの――いけにえや血や、人間のエネルギーを無理に奪い取ることなどをいくらでも、かせなしで使えるのだからな。だが、いたずらにおそれてだけいるわけにもゆかない。私とても、魔道師のはしくれなのだ。なんとかして、きゃつらに対抗する方法を考えなくてはならない――そのためにも、とにかく一刻も早くナリスさまに目覚めていただきたい――それに、いまは私のほうが焦っている――一刻も早くクリスタル・パレスを取り戻したい、と。……なぜなら、クリスタル・パレスには……」

「古代機械がある。そうですね、ヴァレリウスさま」

「そのとおりだ。奇妙な話だが、いまとなって、私は魔道師でありながら、この黒魔道対人間のたたかいの様相を呈してきた状況に、われわれが最大の武器にできるのはもしかして、われわれ魔道師が粗末にしてきた科学以外になかったのではないか、という気がしてきている。それもわれわれのこの未発達な科学では当然何の役にもたたない――神々に比すべき超人であった渡来者たちがもたらした超科学――古代機械に集約される超科学。それを、なんとかして使いこなすことができれば、われわれはごく普通の人間のままでも、この世界を守り通して、黒魔道師どもの邪悪な欲望から身をまもることができるだろう。できなければ……」

「できなければ――？」

「この世に暗黒の黒魔道帝国が出現するだけの話だ。キタイがそうなってしまったように」

「おお」

ヨナは短くいった。そのとき、そっと窓が叩かれ、伝令の魔道師の心話がかれらをよんだ。

「なんだ」

ヴァレリウスは窓をあけた。伝令の下級魔道師が、窓の外に顔をのぞかせた。

「申上げます。……リギア聖騎士伯閣下が、出奔されました。——というか、おそらくはスカール殿下のあとをおって出てゆかれた、という知らせが、リギア騎士団の副官より」

「ああ」

べつだん、驚きもせずにヴァレリウスはいった。ヨナも、眉ひとすじ動かさなかった。

「ご存じだったのでございますか」

伝令のほうが、ちょっとひるんだようすでかれらを見比べた。ヴァレリウスは無表情だった。

「べつだん、知っていたわけではないが、そういう可能性は充分ありうると予期していただけだ。わかった。もうさがってよろしい」

「リギア騎士団の指揮につきましてはいかがいたしましょうか？」

「副官に当面たばねていただくように伝令してくれ。タラに落着いたら、いずれにせよ、わが軍の全面的編成し直しをしなくてはならぬ。そのときに、リギア騎士団の騎士たちは、ほかの聖騎士団にそれぞれわかれて参加していただく」

「かしこまりました。ではそのようにお伝えいたします」

伝令は消え失せた。ヨナはそっと窓をしめた。

どちらも、そのましばらく何もいわなかった。いう必要もなかったし、また、いったところでどうなるものでもないようなことを、口に出す習慣を、ヨナもヴァレリウスも、二人ながらまったく持っていなかったのだ。また、ヨナにとっては、ヴァレリウスは、年長の魔道師、宰相、ナリスの相談相手として、やや気のおける立場でもあった。

「あと三ザンもあれば先発部隊がタラにつきます」

つと窓をほそめにあけて空を見上げて、ヨナがいったのは、それからちょっとしてからだった。

「それから半ザンもあればわれわれも到着しましょう。……編成変えに半日、ダーナムをめざす部隊の出発に半日、あさってとしあさってくらいをタラに逗留して、そのあと船を出せれば四日後にはわれわれはなんとかダーナムに到着できるでしょうか」

「ああ、順調ならば」

「湖上ははっきりいってもう賭けでしかありませんが……」

ヨナはつぶやくようにいった。

「ダーナム部隊もまた、ひとつの賭けになります。私もヴァレリウスさまも、ナリスさまのおそばをはなれたくないですから、参謀がひきいてゆくわけにもまいりませんし。——誰に、ダーナム部隊を指揮させるおつもりですか」

「それはもう決まってる。ルナン閣下だ」

ヴァレリウスはかるく苦笑いして答えた。

「ボース公とローリウス伯には精鋭の旗本隊のみひきいて船でともに渡っていただき、居残っていただくのはリーズどのということになるかな。……サラミス軍とカレニア軍は船が出しだいあいついで、いそぎ陸路からダーナムにまわってもらうことになる」

「クリスタル義勇軍は」

「ランにリーズどのともども残ってタラをかためてもらい、それから船でダーナムへ渡ってマルガで合流ということになるかな」

「そうですね」

しずかにヨナはいった。

「もう、こうなると、どのルートにはいるのが一番安全とも最上ともいえませんね。どの道も賭けだし、どの道も危険なのですから。でもこれはたぶんさいごの試練です。カレニアに入るためのさいごの試練ですよ。ヴァレリウスさま——そうでしょう」

「ああ」

ヴァレリウスはうなづいた。

「そうであってほしいものだ。カレニアに入ったからといって、すぐに完全に安全になるというわけじゃないが……それでも、クリスタル近辺にいるよりはずいぶんと安全になる。とにかく、マルガに入って、まだマルガにもかなり居残っていたはずのマルガ騎士団の残党と合流したら、多少息がつけるだろう。それまでは我々はきびしいが、ヨナどのが必要とあれば、魔道師の丸薬をさしあげよう。とにかく、もう少しの辛抱だ――わがアル・ジェニウスのほうは、ああしておられても、本当はさらにきびしい試練に耐えておいでなのだから」

＊

一見したかぎりでは、かれらの行軍をさまたげようとするものは、どこにもいないかに思われた。

ナリス軍は、まんなかに何台かの大型の馬車をつらね、それを守るようにとりかこんで、粛々と赤い街道をイーラ湖岸にそって移動しつづけていた。左側には、美しいがどこか淋しいイーラ湖の湖水がひろがり、あいかわらず一日じゅう小魚をすなどる漁師たちの小舟がゆらゆらと水上を行き来している。しだいに、なにごともないままにその湖の風景は、あかるい陽光にてりはえ、それからいっときかき曇った空の下にひっそりとひろがり、それからゆるゆると、空が暮れてゆくのにあわせて、赤と黄金の夕映えをうつしだし――そしてもう、あっという間に日が落ちて星々がまたたきはじめようとしていた。

それはナリス軍の人々をひどく緊張させた。夜こそは魔道師のもっとも暗躍する時間であることは疑いをいれなかったし、きのうのあのおそるべき夜襲も、さまざまないくさが今回はすべて、比較的夜間に勃発し、朝の光とともにおわる、という経過を辿っていたからである。

だが、さいわい、完全に日のくれきる前に、なんとかさびしい小さなタラの村に本隊も入ることができそうだった。すでに、最初に出発したローリウス隊がそこに陣をはり、おどろくタラの村の人々から食料などを買上げたり、また、そのあたりに伏兵がひそんでいないかどうか、夜に奇襲をくうことのないように、念をいれて捜索にかかっているはずである。

しかし、本隊がタラの村にさしかかっても、やはり何ごともなかった。まるで、ヤンダル・ゾッグ——というか国王軍が、ナリスの死、というこのおそるべきしらせをきいてすべてを終わったものとみなして兵をひき、もうかれらへの関心をすべて失ったことを告げるかのように。

だがむろん、そんなわけはないということを、誰ひとり忘れはしなかったし、もしかしてそういうこともありうるかもしれない、とさえ、考えるものはいなかった。

タラの村は、こんなことでもなければ、まず脚光をあびる可能性もない、ごくごくささやかな、ひっそりとした、人口はたぶん千人にもみたない小村である。そこは、イーラ湖でとった魚を、イーラ湖岸に点々とへばりつくようにしていくつかの小さな集落で暮らしている人々が丹念に干して、干し魚にしたものを集積し、船でクリスタルにごく近い、イーラ湖からランズベール川へ流れ込む河口のランズの町へ運んでゆくのをなりわいとしている人々が住みついていて、村にはたいした商店もなければ、むろん宿屋などもそんなにない。赤い街道にそっているから、多少の貧しい宿はあったけれども、大きな本陣にあたるようなものは見当たらなかった。そもそも大きな建物というのが、あまりないのだ。

そのなかでも比較的大きかったのは、村長の邸であった。先発隊が話をつけておいてくれたので、村長の邸の一部を、ナリス軍の本部として借りることができるようになっていた。

タラの村人たちが、国王がたであるのか、ナリスがたにくみしてもいいと思っているのか、それとも、できればひたすらこんなさわぎにはまきこまれないで平穏無事でいたいと思っているのか、それは何も知る手がかりがなかったが、しかしとりあえず、何千人もの騎士たちにどっとおしかけられた、貧しい村人たちがそれにさからうようすをみせるはずもなく、村長の老人も、おびえたようすで挨拶にあらわれただけで、ただひたすら、突然のこの災難がとっとと過ぎていってくれることを念じているように、ヴァレリウスたちには思われた。例の《魔の胞子》にあやつられているものも、いるようには見えなかった。ヴァレリウスはイエライシャにならって、《魔の胞子》を検出するための術を学んでいたが、これはもう、このさき、自軍の安全を守ってゆくためには不可欠であった。

「一応、この村は大丈夫なようだな」

あちこち、いろいろと点検をひとにまかせずおのれでしてから、ヴァレリウスは戻ってきてほっと息をついた。参謀本部に設定された、村長の家のはなれに、馬車から運び出されたナリスの棺が安置され、そのまわりにまたただちに魔道師たちの結界陣が張られた。大半の兵士たちは、今夜も夜営せざるを得ないようだった——糧食も、これだけの人数を充分に飲み食いさせるだけのものはこの村では、なかなかかきあつめるのが大変そうだったので、ヨナはいくつかの部隊に命じて、近隣の村へも、金をもたせて食料の調達にゆかせた。これからさき、少なくとも数日はこのタラに滞在しなくてはならないのだ。

「しかし困ったことになりました。船が、思っていたよりずっと小さいのしかありません」

ヨナもいろいろと調べ物にいそがしくしていて、ちょうど戻ってきたところだったが、そのおもてには少々困惑の色があった。イェライシャは姿をみせなかった。というよりも、イェライシャは、不自由な普通の人間たちの旅をともにしてかれらに同行する気などはまったくなく、必要があればいつでも登場するから、ということばをのこして、最初の軍議のあとにただちにすがたを消してしまったのだった。それでも、その気配のほうはつねに感じることができていたので、ヴァレリウスには、それほど心配にはならなかったが。

「思っていたよりずっと小さいというと、どのくらいだった？」

「一番大きいのが、五十人乗りくらいです。……でもそれも一隻しかなく、あとは二十人乗りが三隻、あとは本当の小舟ばかりですね。二人かせいぜい四人のりまでの。……あと十人乗り、というよりも、人間はあまり乗らないけれども荷物はたくさん積めるよう、船底がたっぷりとってあるのが何隻かありますけれども」

「ということは、それを全部いっときに出したとして——」

「御座船をその五十人乗りで固めたとして、あといちどに六十人しか無理です。最初に対岸に到着したとき、どれも一緒についたとしても、百十人」

「そのあと往復してもそれだけづつしか運べない——ほかの小舟を全部調達してもどうにもならんな」

「なりませんねえ。それはかえって危険でしょう。……まあ、先発隊をちょっと多めに出して待っていてもらい、湖上はもう……イェライシャ導師をあてにするほかないかもしれませんね」

「ウーム……」

「でも五十人乗りといっても、ナリスさま関係は、ただぎゅうぎゅう詰めこめばいいというわけではありませんし……それに、馬もいますからね」

「ああ、馬か……」

「馬を一緒に運んでおかないと、対岸に渡しても騎士たちの戦闘能力が著しく減殺されますから。……馬も一緒となると、最初にその一番大きい船で渡せるのは、ほとんど、二十人もないくらいでしょう。ぎゅうぎゅうづめに詰込んで三十人が限度。……一緒に二十人乗りの船三隻に、三十人づつつめて、九十人渡したとして、それでも百二十人」

「しかしそれだと馬は別便ということだろう」

「ああ、そうですね。じゃあ一隻を馬だけにしましょうか。でも馬は場所をとりますから、二十人乗りの船でも二十頭は無理です。いっそ、馬は陸路まわりで少し連れてゆくということもありますが……先にダーナム部隊に連れていってもらって……」

「いや、しかし、それだと、ここで我々が待っていなくてはならぬ時間がさらに長くなる。それよりも、ちょっと待ってくれ、ヨナどの。なんとか、魔道師を伝令にやって、いそぎダーナムから、ダーナム守護隊がこちらについて、船つき場の守りに参加してくれないかどうか、それを説得してみよう」

「そうですね……それがいいかもしれません」

「あとはもう、ダーナムで国王軍のまちぶせなどされぬよう、ヤーンに祈るだけだな」

「それはもう……湖上でキタイの竜王に出現されてもこちらは大変ですから……賭けですよ」

「賭けだな」

ヴァレリウスは苦笑した。

「どうされました。ヴァレリウスさま」

「いや、私もヨナどのも、本当はこの世でもっともこんな賭けだの、非論理的な方法は嫌いな人間なのになあと思ったのだけれども。……しかししかたがない。ともかくダーナムから、あと近隣からもかきあつめられるかぎりの義勇軍をつのるよう、魔道師部隊に頼んでおこう。あとはもう本当に、出たとこ勝負でゆくしかない。どちらにしても、もうこのいくさをはじめてからはずっとそうだったんだし。あまりにそういうことばかり続いてきたんで、私も少し、性格がかわってきたのかもしれないな」

# 4

ともあれ一行は無事にタラにおさまったのだった。

しんがりの部隊も夜がふけるにつれて次々と到着した。さいごに残った部隊は負傷者たちをつれ、そのあとをひそかに追いすがる国王軍の追撃がないかどうかも斥候をだして確認しながらであったため、かなり遅くなりそうだったが、ともかくもすでにタラの圏内に入ったのは確実であった。ヴァレリウスとヨナはあまり気をゆるめるわけにゆかなかった——国王がたがそれほど簡単にあきらめてかれらを見逃すとはとても思えなかったし、また、いったんカレニアに入ってしまえば、反乱軍を殲滅するのは難しくなることは敵方もよくわかっている以上、このまま無事にイーラ湖を渡れるとは、かれら自身も思っていなかったのである。むしろ、これまで何も追撃がなかったこと自体が奇跡的な幸運とも思えた。むろん、それについては、イェライシャの助けをかりての、徹底的な内部潜入の間者のあぶりだしが大きく力となっているのも確かであったが。

しかし、内部に送り込んだ間者がいなくなっても、当然ヤンダル・ゾッグともあろうものなら、あらたな諜報の手段を考えるだろうし、上空から見下ろす斥候の魔道師をとばすこととてもたやすいはずだ。それゆえ、ヴァレリウスは準備おさおさおこたりなく、いつなりとも迎撃できるようつねに戦闘態勢のまま、タラまでを進軍させたのだが、ついに、敵は一兵たりともあらわれてくることはなかった。

これはかえって逆にヴァレリウスとヨナにとっては、かなりうさんくさい状況といえた。かれらがそうたやすく諦めるとは思えぬからには、この敵の沈黙は、何か、かれらを徹底的におとしいれる罠をしかけている準備期間、とも思えたからである。だがもう、かれらのほうとしてはできることは、相手が仕掛けてくるのなら、それに応じて万全をつくせる態勢をとっておくくらいしかなかった。

ヴァレリウスとヨナはしかし、参謀本部が二人になったことで、かなりほっとしていた。たぶん、よけいにほっと肩の荷をおろした気分だったのは、若い上に、何をいうにも本職は象牙の塔の学者先生でしかないヨナのほうだっただろう。だが、ヴァレリウスにとっても、これまでずっと孤独に戦いぬいてきたあとに、若いヨナが成長して、まがりなりにも彼の留守に参謀をつとめきってくれたことは、きわめて頼もしいことであった。それにかれらは、互いに、性格そのものはかなり違うとはいえ、いろいろな共通点をもっていた——論理の神に仕え、またあつい忠誠心をパロに抱いている、という点でも、また棺のなかにいまはまだねむっているひとに対する、誰にもまねできぬほどに深く激しい崇拝においても。それにかれらは、互いに互いのことを認め合っていた。そうでなければ、ことに、ヴァレリウスよりも、気難しい学者気質のヨナのほうが、素直にいうことはきかなかっただろう。

「疲れましたね、ヴァレリウスさま」

渡岸の作戦にともなう、部隊の大幅な編成しなおしは、ひどく時間をとる上に、急がなくてはならぬ、神経を使う作業であった。ここで作戦のまちがいがあれば、その部隊の何千人をむざむざ死においやるかもしれないだけではなく、自分たちの運命をもまた、みずからの手でほふってしまうことになるのだ。食事が小姓たちの手で用意されても、なかなか手もつけられぬほどに、しなくてはならぬことはたくさんあった。それでも、先日までのあの絶望にみちたたたかいにくらべれば、はるかに、希望にむかってひらけている、やりがいのある重労働ではあったが――

ようやくすべてが無事におわったときには、もう深更をまわっていた。先発部隊を引き受けたルナン侯はいますぐにでも出発するという意気込みであったが、それはヴァレリウスがきつくとめた。深夜に、魔道師の護衛なしで――いくばくの魔道師は伝令のためにつけるとはいえ、主力となるものは、とてもいま本隊からはなれるわけにはゆかないのだ――湖岸にそって動き出すなどというのは、ヴァレリウスたちからみれば、みすみす竜王側のえじきになりにゆくようなものであった。ヴァレリウスもヨナも、ずっとこの行軍をもタラに入ったこの軍勢をも、どこかから、竜王のあの妖しい冷やかな目が見守っているのだということを一瞬も疑ったことはなかったのだ。

「おかしなものだ――朝になれば、べつだん、黒魔道の力がおとろえる、というような証拠は何ひとつないのに、それでも、朝の光がみえたらどんなにほっとするだろう、と考える。

……まだまだ、私も甘いな」

ヴァレリウスは、疲れきったからだを、参謀本部にあてられた一室に戻ってきてがっくりと椅子に投出しながらうめくようにいった。

「そのお気持はよくわかります。私も、ずっと、このところ毎夜、夜がくるのが憂鬱で、そして早くあかつきの光がさしてこないかとそればかり思っていましたから」

「ああ……」

カイはナリスのかたわらにつききりで、あるじの魔道の眠りをさまたげるものがないよう、ずっと不寝番をつとめている。当番の小姓はいるが、ヴァレリウスもヨナもあまり身のまわりのことをかまうほうではないゆえ、護衛の騎士と魔道師、伝令さえいればべつだん、そばづきを用意してほしいなどとは思わない。むしろ、そうやって身辺の雑用を手伝われたら、鬱陶しいかもしれぬ——ヴァレリウスもヨナも、庶民の出だ。

「イェライシャ導師のお力を微塵も疑っているわけじゃないが……いったい、本当にどこまできやつはしりぞいたんだろう」

ヴァレリウスは、椅子にぐたりとからだを投出して、首のうしろを手でもみながらぼやいた。

「どうしても、なかなか、本当にきゃつの魔手から逃れつつあるのだと信じられない——まだなにか、きゃつの恐しい底深いたくらみにひっかかって、きゃつの思いどおりに動かされているままなのじゃないか、さらにそのたくらみが一段進んで奥深くなったというだけのことではないか、という気がしてならない。……なんてことだ」

「それは無理もありません。……とにかく、あんな力のある敵をあいてに戦わなくてはならないんですから。私だって、ずっと、なんだか何をしても無駄だというような絶望感にかられていました。でもつまるところ、それがやつの手なんですね」

「それはそうなんだが……待て」

ふいに、ヴァレリウスの声がかわった。

「ヨナどの、私のうしろに。ウム、信じられん……イェライシャ導師が張っている結界を突き破る黒魔道師がいようとは……」

「ヴァレリウスさま」

「攻撃の《気》は感じないが、これは黒魔道……」

いいさした瞬間だった。

かれらの前に、突然、黒いちいさなトルクが出現した。

いや、トルクではなかった。トルクにしては、その首から上が妙だった。ヴァレリウスが魔道の熱線を投げつけてやろうとルーンの印を結びはじめたとたん、そのトルクが、ひとの大きさにふくれあがった。

「あ」

ヴァレリウスはうめいた。

「また、お前か。助平淫魔の畜生め」

「ふん」

実体化してあらわれたのはいうまでもなく、ユリウスであった。一応感心にもちゃんと腰布をまいている分、いつもよりはまともだったかもしれない。だが、機嫌は最悪だった。

「おい、魔道師ねずみ男さん。よっくもこないだは、おいらをあんなルードの森なんかに、おきっぱなしにしてくれたね。おいらは、そう長距離は飛べないんだって、あれほどいっただろ。だから、連れてけって——だのに、せっかく案内してやった恩も忘れてひとをあんな、妙ちきりんな泉のわきにおいてきぼりにしたね。おかげでおいら、そのあとお師匠じじいにひろわれるまで、さんざんだったし、ひろいにきてくれてからも、お前を見失った、っていってさんざんおこごととお仕置きをくらったんだぞ」

「知るか、そんなこと」

ヴァレリウスはヨナをうしろにかばったまま、言い返した。ヨナはべつだん驚いたようすでもないが、ただ、目を細めて、このありさまをじっと見つめている。

「アグリッパ大導師への伝言は伝えたんだから、俺の、あんたの師匠への義理はもうかえしたとみなさせてもらうよ。大体、義理づくでつかいには出させられたが、お前の面倒まで見なくちゃいけないなんて約束はした覚えはからっきしないんだ」

「ひどいことをいいやがる。＊＊のくせに」

ユリウスは毒づいた。ヴァレリウスは——思わず、ヴァレリウスといえども——赤くなった。

「何だと。この馬鹿淫魔」

「なんだよ、喧嘩売る気かよ。その、お前のうしろの美人をかっさらってお師匠じじいんとこにもってっちゃうよ。……ちょっと、痩せすぎだけど、じじいはこういうタイプ、嫌いじゃないぜ。くそまじめで、ちょっといたぶったらすぐ気がふれちゃいそうな学者先生なんてさぁー。おもしれえじゃん。イタブリ甲斐があらあ」

「この結界のなかでそんなことをする力がお前にあるとでもいうのならやってみろ。大体お前は、どこにでもぺらぺらもぐりこんではこられるだろうが、そのかわりその結界のなかでは何もできやしないんだってことくらい、もうこっちにはお見通しなんだ」

「あ、ムカツク」

ユリウスは怒っていった。それから、急に、目がうつろになった。その口から、それまでとは全然違う声がもれた。

「そんなことはどうでもよい。えい、面倒くさいやつばらだ。——ヴァレリウス、ヴァレリウス、きこえておるか。わしだ」

「はいはい、きこえてますよ。〈闇の司祭〉どの」

ヴァレリウスは相変わらずルーンの印を結びながら返事をした。ユリウスの首ががくりとたれ、その口から、遠隔操作で送りこんでいるのであろう、グラチウスの声がもれてくる。もう、ヴァレリウスにはなれっこの眺めであったが、ヨナは何もいわぬものの、いくぶん不安そうにヴァレリウスのマントのすそをにぎりしめていた。

「一別以来だな。約束をはたしてくれたのは嬉しいが、ちゃんと報告に来んというのは怠慢というものだぞ、ヴァレリウス」

「この忙しいのに、どうせお見通しのことをわざわざあなたのところにご報告にゆく手間なんぞ、かけてはおられませんよ、導師」

「ち」

グラチウスは――ユリウスの口をかりてではあったが――むっとしたようにいった。

「すっかり、強気になりよって。イェライシャなどという木端魔道師を味方につけたからといって、天下をとったつもりになるでないぞ。あのじじいは、わしがもう、五百五十年にもわたって地下にいけどりにしておいた程度の小物だぞ。あそこに豹頭王がやってこなかったら、いまだって、やつはユラニアの地下のわしの地下牢で唸っているほかはなかったのだ」

「そんなことは私は知りませんよ」

ヴァレリウスは面白そうにいった。

「だがとにかく伝言は伝えましたし、手紙もおわたししましたが、アグリッパ大導師のお答えも、おわかりのはずですよね。大導師は地上のできごとになど何の関心ももっておられない。当然ながら、ゴーラに介入しているのもアグリッパどのではない。そのことだけは確認できましたし、ということは、ゴーラに介入しているのはキタイ勢力ですね。老師も早く、パロのことから手をひいて、そちらにとりかかられたほうがいいんじゃないんですか」

「あ。またそういう憎たらしいあくたれ口をつく」

グラチウスは怒っていった。もっともこの剽軽な爺さんの場合、どこまで本当に怒っているのかというのは、なかなか見分けのつきがたいものがあったのだが。

「実際、性格が悪くなりよったな。わしが助けてやったときにはもうちょっとは素直なよい子だったぞ。顔のまずいのはどうしようもないとしてな」

「ひとの顔のことなんかほっといて下さい」

怒ってヴァレリウスは叫んだ。

「あんたにだけは云われたくないですよね。とにかく、これで義理ははたしたんだし、申し訳ないがイェライシャどのがおられる以上、私どももう、何があろうと黒魔道師と手を組むなどということはありえませんからね。いや、もともと、そんなことは、するわけはなかったんだが、あなたが強引におしまくっただけで」

「ふん。いっときは気持がかなり揺らいでおったくせにな。——が、まあいい。そう、おかげでアグリッパの居場所も知れた。が、所詮わしには近づきようのない次元だということもわかったがな。しかしわしの手紙を渡してくれたからには、それなりにそれが多少の効力を発揮することもあろう。それについては、多少は認めてやる。よくぞ——イェライシャのおかげとはいえ、よくぞあのアグリッパのもとまでたどりつけたものだよ。お前程度の木端魔道師が」

「失礼だな。そりゃ私は確かに木端魔道師ですが、そう面とむかっていわれるとさすがにむっとしますね。第一、あなたは、さすが〈闇の司祭〉ですよ。私にヤンダルが埋め込んだ魔の胞子のことを、気づいていたくせに、よくもずっと黙ってましたね。あれを、私を追っかける移動標識にしてたんでしょう」

「ばれたか」

剽軽者はいった。

「いいじゃないか。でもどちらにせよ、イェライシャの馬鹿者が気づいてとっぱらったんだから」

「そうしてもらえなかったら、私はヤンダルの手先にされてるとこですよ、まんまと脳をのっとられて」

ヴァレリウスはぞっとして云った。

「さあ、こんな結界のなかに、無理やりに出てきて何をごたくをいってるんです。消えて下さい。もうあんたに用はないんだ、〈闇の司祭〉どの。私は金輪際黒魔道師と手を組んだりしやしませんよ。どんなに籠落しようとしても無駄ですよ」

「ほんとに、たかがあんな、わしが五百五十年もとりこにしておいたじじい一人がついたくらいで、なんともご大層な自信のもちようじゃないかい」

グラチウスはぶつぶついった。といってもあいかわらず、首をがくりと垂れているユリウスの口から、しわがれた声がもれているだけなのだが。

「まあいい。ともかくいいたかったのは、こんな結界など、お前さんたちは大層なもんだと思っているかもしれんが、わしゃ、いつでもこうやって突き破れるよ、ということを教えてやるためと、それから、船の上では気をつけろ——のたくる水に気をつけろ、ということを警告してやるために、わざわざ出てきてやったんだよ。まあこうなったからには、ものごともおのずと変わってくるからな。ともかく、アグリッパを見付け出して、アグリッパがゴーラのウラにいるのじゃないか、というわしの懸念を消してくれたことには礼をいうよ。じゃあ、またな。こんど会うとすればカレニアかな。では、お達者で、ひとまず御機嫌よう、ヒョヒョヒョヒョヒョ」

「なんですって」

ヴァレリウスがきっとなって云おうとしたとき、ふいに、ユリウスの目が開いた。

「あ」

ユリウスは、すぐにぎゃんぎゃんいいはじめた。

「くそじじいめ、まーたひとのカラダを使いやがって。なんだよ、なんだよ、しかも俺だけおいてっちゃって。また、のこのこ歩かなくちゃならないじゃないか。……ねえ、その、ガッコの先生。今夜おいらとどう？　あんた、オトコは嫌いじゃないんだろ？　いや、それよか、あんたまだ＊＊だね。かーわいい。おいらが今夜みっちり＊＊てあげるからさ。ね」

「あっちにゆけ。消えろ、淫魔」

ヴァレリウスは怒鳴った。

「俺たちは忙しいんだ。さあ、消えないと結界を強化して、出られないようにしてしまうよ。でもってついでにイーラ湖にでも明日、袋づめにして放りこんじまうぞ。お前にとっちゃ、ここは白魔道師の結界のなか、本当はいるのは苦しいんだってことはこっちにはお見通しなんだぜ」

「へん」

ユリウスは鼻息荒くいった。だが、それは本当だったらしく、ふいに次の瞬間、どろどろと溶けて床のわれめにしみこむようにして、姿を消してしまった。

「妖怪め」

ヴァレリウスはかくしから、清めの白蓮の粉をつまみだして、そのあたりにさっとふりまきながらつぶやいた。

「びっくりしたでしょう、ヨナどの。大丈夫、あれは、みかけは変だがたいした悪さはしない。どうやらグラチウスがあれを送り込んできて伝言をさせたかっただけらしい。——そもそも、あれは古代生物の生き残りの淫魔なので、黒魔道師が破れない結界でも抜けられるようなので、奴が便利に使っているらしい」

「文献にはいろいろ登場しますけれどもね。——カナンよりさらに古い時代から存在していた、インクバス」

ヨナはまだ床の上を見つめていた。

「しかし実物を見るのははじめてです。さすがに仰天しますね」

「そんな落着いた声で『仰天しますね』などといわれてもなかなかそうは思えないが」

ヴァレリウスは笑った。床の上にはまだ、妙ななんともいえない淫靡な色あいのしみのようなものが、妙なかたちに残っているが、それもゆっくりと消えてゆこうとしている。

「それにしても、グラチウスめ、きょうはばかにあっさりひきあげたな」

ヴァレリウスはつぶやいた。それから、ふいにそのおもてをひきしめ、魔道師の伝令班を心話で呼んだ。

(はい。ヴァレリウスさま)

(すぐに、イーラ湖岸一帯に、下級魔道師一個小隊を散らして、アルゴスの黒太子スカールどのと……そのお連れの居場所を捜索し、それとなく、気づかれぬように見張っているようにさせてくれ。そして、もしも、黒魔道の気配がスカールどのなり、そのお連れになり接近してくるようなら、すぐに私に心話で連絡を。……もしも、リギア聖騎士伯が、スカール太子とまったく異なる方角におられるようだったら、そちらにも、二人ばかりの魔道師の護衛を。とにかく、黒魔道師の手のうちにかれらを渡してはならない。何かあったら、すぐにいつなりと私に)

(かしこまりました。では、おふたかたに見張りをつけて、黒魔道勢力の接近を注意しておきます)

(奴がこんなに早くこっちのことを諦めるわけがないんだ)

ヴァレリウスはひそかにつぶやいた。

(あれだけ、ナリスさまに執着し、なんとか手を組むといわせようとし、ありとあらゆる手管をつかって、俺を籠落したり、俺を助けてみたり、だまそうとしたり、さいごは遠ざけようとしたり——ありとあらゆる方法を使って古代機械に近づこうとしていたんだから。……それが、イェライイシャどのがいるから近づけないのにせよ、ああもあっさり引き上げるというのがあやしい。——それに、きゃつは、もともとが、草原でスカール太子に接近して……太子もきゃつの目当てのなかにちゃんと入っているんだ。くそ、面倒だな）

「どうされました。ヴァレリウスさま」

「いや、ちょっと……ちょっと大変になってきたので……」

ヴァレリウスはくちびるをかんだ。

（たとえうしろだてになってくださるといってくれたとはいえ、イェライイシャ導師のいわれるのは、何もかも、導師の力でよくしてくれる、というような安直な意味じゃない。——こないだのヤンダルのときのように、我々の魔力ではどうしようもないようなときだけ、ああして助けて下さるのが、導師の最大の親切だ。——第一、そうでなくては……決してイェライイシャ導師を疑いなどしないが、導師とてもかつては《ドールに追われる男》の異名をとるほどに——ドール教団のそもそもの開祖、まったくのきっすいの白魔道師じゃない……）

（きっすいの白魔道師で、あそこまで力を持つことのできた魔道師というのは、いるんだろうか……入寂した北の見者ロカンドラスはたしかに非常な力をもっていたが、あれは、見者だからだ……そもそも白魔道師の力というのは、地上のできごとに影響を及ぼすためではなく、見者として、また理解者として世界を理解するためにむけられているから……それはどうしても、黒魔道師に比べて弱い。……イェライイシャ導師があれだけ力があって、ヤンダルにもグラチウスにも対抗できるのも——また、だまして捕えてでも、どうしてもグラチウスがイェライイシャ導師をおさえておこうと思ったのも、結局のところイェライイシャ導師がもともとはドール教団の祖であり、ということは、黒魔道から白魔道に転向した人であるからだ。……ということは……)

(所詮、白魔道は、限界があり、黒魔道には絶対にかなわない、根源の力そのものが、白魔道よりもはるかに黒魔道のほうがある、ということなのだろうか。そんな気もする……だが、これは、魔道師ギルドで提出してみるわけにもなかなかゆかぬ設問だな……)

(うかつにこんなことを議題として持出そうものなら、それこそ異端者として糾問会議になってしまうかもしれない……)

ヴァレリウスはちょっと苦笑した。そんな場合ではないのに、というような感慨が心をかすめたのだ。

「ヴァレリウスさま」

が、かたわらから、いくぶん心配そうな声をかけられて、我にかえったように、彼はヨナにかすかに微笑みかけた。

「妙なことで思わぬ時間をとってしまった。とりあえずそろそろ休もう。魔道師たちが交代で結界を張っていてくれるし、とにかくいまのところはもうこれ以上手のうちようはないだろう」

# 第三話　湖上の死闘

# 1

湖の上には、きょうも強い風が吹いている。

ルナンが、老骨に鞭打って急いでくれたので、ルナンのひきいる先発隊がダーナムよりの湖岸の村、ロバンにあと少しで到着する、という知らせが魔道師から伝令でやってきたのは、その翌日の夜であった。早馬ひとつなら知らず、一応は大部隊の移動であるから、もっと二、三日は見なくてはならぬかと思っていたヴァレリウスたちの予測はよいほうにちょっとはずれたわけである。

だがそれは、ひたすら先をいそぐヴァレリウスにとっては願ってもない話だった。ヴァレリウスたちのほうはそのあいだを安閑と知らせをまつだけですごしていたわけではむろんなく、船を調達し、それにナリスをのせて安全に対岸に渡せるよう、出来得るかぎりの手段を尽くすのにおわれていたので、ルナンからのその知らせが入ってきたときには、ヴァレリウスたちの準備はかなりととのってあとは知らせをまつばかりの状態になっていた。

しかし、夜、湖を船でわたるのは、相手が魔道師、しかもこれだけの力をもつ黒魔道師であるというのに、あまりにも無謀であった。そうでなくてもまず水の上である、という不利がある。魔道師の力をふるうのに非常にむいた場所、というのがいくつかあるとすると、まず洞窟のように限られた閉鎖空間。それから、やはり、暗くて視界のきかぬ場所、たくさんの人間がいて混乱が生じやすい場所、そしてもうひとつは、大地からはなれた——というか、通常の日常生活の世界からなるべくかけはなれた場所である。その点では、湖上にうかぶ船の上、などというのは、閉鎖空間である上に、岸から切り離されていて、黒魔道師にとっては願ってもない、獲物にしてくれといわぬばかりの状況なのだ。

だが、ヴァレリウスたちには、少なくともナリスだけは船でわたさぬわけにはゆかぬ絶対の必要があった。陸路は、水路にくらべて、三倍以上の時間がかかったし、そうしているあいだに、たとえイェライシャの魔力がうらづけとなっているとはいえ、仮死状態になっているナリスのからだの危険がどんどん増してゆく、という前提があったからである。とにかくなるべく早く、安全な場所についてナリスの術をとかなくてはならない。いまや、ヴァレリウスたちにとっては、それが最大の緊急の要請となってきている。

イェライシャの助けによって、竜王の密偵、間者、潜入している手の者たちは全部とりはらうことができた。それまで、こちらの動きがすべて筒抜けだった状態は、それによってようやく完全に脱することができたのだ。だが、ということは、竜王の側にとってはこちらの動きがわからなくなって、いわば通常程度の戦いの情報レベルに戻った、というだけのことであった。いずれにしても相手はさまざまな力をもつ偉大な黒魔道師である以上、当然こちらの動きにたいしてはそれ以降も斥候がはなたれているであろうし、あらたな間者をもぐりこませようとする動き、魔力をつくしてこちらの動静を探り出そうとする動きも続けられているだろう。

竜王のもっとも知りたいことは、やはりナリスの生死の真実の真相——に違いない。それについては、いまの状態では、竜王にも百パーセントの確信は持ち得ないはずであった。

とはいえ、こちらの軍の動き、その急ぎようなどを見ていれば、当然、(これは、やはり伴死であったか)と考えるだろう、ということはヴァレリウスの予測には入っている。そこまで、竜王をごまかしおおせるとは思っておらぬ。だが、とにかく、いったん内部のすべての間者を追い立て、ひきずりだし、そして「時間をかせぐこと」——それこそが、ヴァレリウスにとっては最大の眼目であった。

「おそらく、もう国王軍はあらたな軍勢をしたてて、こちらを追撃にむかっているだろうと思う」

いねがての一夜があけて、船出の最後の準備に追われるイーラ湖の岸に立ちながら、ヴァレリウスはヨナに懸念をもらした。

「一応、ナリスさまご逝去、という報でリーナス軍とリティウス軍がひき、いったんクリスタルにひきあげはしたものの、このままですまそうはずはない。遠からず必ず追手がかかってくるはずだ。まだ、追撃の軍がクリスタルをたった、という斥候の報告こそないが——」

「それはしかし、相手は竜王ですから、こちらの斥候に対して偽りの情報を与えたり、一切あちらの動静を知らせないようにするくらいのことは朝飯前でしょう」

「そのとおりだ。だから、こちらも、当然どうなってもいいように心して対応の気がまえをしていなくてはならない。この岸に残る部隊の役割はきわめて重要だな」

「それはもう……ランで大丈夫でしょうか？」

「といって、いまここで、もっと上の武将を残してゆくのはダーナムについてからが辛い。ランどのとリーズどのには荷の重い任務だが、やむをえないだろう」

「ですね……」

ヨナは盟友だけに、心配そうであった。

「でもランはもともとが武将でもなんでもないのですから……まあ、リーズ聖騎士伯がおいでいただくから、ちょっとは……」

言い掛けて、首をふって、かすかに微笑む。

「そんな心配をしていてもしかたがないですね。どちらにせよ、どの部隊もそれぞれに大変な重い任務を引き受けて動いているのですから。――そろそろ準備ができたころあいですね」

「ああ、いよいよ湖を渡るんだな」

ヴァレリウスはそっとヤーンの印を切って、ひろびろと目のまえにひろがっている湖水を見渡した。

イーラ湖の水は、ちょっと緑色がかった美しい青だ。その岸にそって、びっしりと緑が濃くなっている部分は、藻が繁茂している場所である。その藻も、湖人たちはかりとってひきあげ、よくかわかして、籠や帽子をあむのに使ったり、粉にしてガティの粉にまぜこんで一緒に食べたりしているという。

「タラも狭いちいさな村だし、こんな人数の軍隊が長いことといたら村全部を食い潰してしまう。とっとと出かけて対岸にわたろう。……よし、伝令がきた。行こう」

参謀たちは、黒いマントをひるがえして、船つき場に降りていった。

すでに、粗末な丸太組みの船つき場には、ヴァレリウスが借り出したこのあたりでは一番なんとか大きい五十人乗りの船が横づけになり、出航を待っている。時間がもったいないので、夜のあいだに出航の準備をおえ、朝と同時に出発するとりきめになっていたが、この朝はこのあたりには珍しく朝もやがうっすらとかかっていて、空も曇りかげんで灰色に重たい。湖水そのものはいつにかわらず美しく澄んでいたが、その上にかかる空は灰色にどんよりして、なんとなく不吉なものを漂わせているように魔道師たちには思われた。

「用意がととのいました」

ギール魔道師がやってきて告げる。身辺の最精鋭だけをわずかばかり連れてともに乗船する、サラミス公ボースとカレニア伯ローリウス、それに聖騎士侯ワリスが心配そうな顔をしながら、てんでに従者をしたがえてやってくる。

「お早うございます、伯爵」

「お早うございます、ヴァレリウス卿」

「お早う。あまり船出向きの天気とはいえないようだな、ヴァレリウス」

「まあ、朝もやが晴れればもうちょっと、天気もよくなって参りましょう、ワリス閣下」

「おお、遅くなったかな？」

「いえ、いま、みなさまお揃いになったばかりです。公」

「アル・ジェニウスは……」

ボースは、ちょっとあたりを見回すようにした。

「もう、さきほど船室のほうにお運びいたしました」

「そうか……」

ボースは、うさんくさそうに、目の前の船つき場に横づけになっている船を上から下まで眺めまわしている。

「思っていたよりずいぶん小さいのだな。まあ、海ではないんだから、たいした波もこないんだろうし、これでいいのだろうが……」

「これでも、このあたりで集められる一番大きい船なのだそうで」

ヴァレリウスは苦笑した。カレニアもサラミスもまったくの内陸の国である。そもそもパロ自体が内陸の王国なのだ。パロに、船に馴れた者はいない。船にのる、というだけで、わずか三、四ザンの短い航海なのだが、皆がなんとなく神経質になっているようすが、ヴァレリウスには手にとるようにわかる。

そもそもっと水路を利用する国柄であったら、イーラ湖のような大きな湖の周辺ももうちょっとは発達しているはずである。だが、なまじイーラ湖の北西半分はまったくさびれた山地であるし、おまけに街道網がきわめて発達しているから、いまさらそのさびれた土地の側にまわりこんでゆく理由もない、ということで、イーラ湖の周辺はさびれたままにクリスタル周辺の発達に取り残されている。ランズベール川という大きな川があるにしても、それも大きな船が行き来するほどではないし、そもそもランズベール川もイラス川もどちらも、さいごには海にたどりつくことなく、自由国境の深い山奥の名も知られぬ湖のなかに吸込まれてゆくだけだ。街道は発達をきわめていても、船に乗る機会はパロの人びとには旅にでも出ないかぎりまったくない。

「その……つまらぬことをきくと思われるかもしれんが……」

ボースはなんとなくまだおさまりがつかぬようすで、ヴァレリウスの腕をつかんでそっとかたわらにひきよせた。

「はあ」

「その……まさか、あまりに人だの馬だの、積みすぎて、重たくて湖のまんなかで船が転覆する、というようなことは……万一にもないんだろうな」

「ハハハハハ、そのご心配はまずいらないと思いますよ。ボース公」

「ウーム、恥をいうようだが……というか、おぬしら魔道師にはわからんだろうが、俺は……そのう、俺は、泳げんのでな……」

「大丈夫ですよ」

とうとう、さしものヴァレリウスも頰をゆるめて笑い出した。

「魔道師がついておりますから。魔道師軍団はおもだったところがみなご一緒いたします。魔道師たちは、泳げるとかそういうことではなく、水中で息ができるようにしてさしあげたり、対岸までひいていってさしあげるのはおやすい御用ですから」

「俺は誰か魔道師にぴったりくっついていることにしよう」

不安をぐっとおさえつけるようにボースはいって、しかたなさそうに船つき場へおりていった。それを見送ってローリウスが笑い出した。

「サラミス公はだいぶ船旅をお気にしておられるようだ。いや、でも、ひとのことはいえないな。私も泳げませんよ、ヴァレリウス卿」

「大丈夫ですよ」

ヴァレリウスはローリウス伯を安心させた。

「とにかく、めったなことでは船は転覆するものではございませんし、イーラ湖は海にくらべたらはるかに狭うございますから」

「それにしても対岸が見えない程度には広い」

ローリウスは肩をすくめた。じっさいには、対岸が見えないわけではなく、確かに対岸の船つき場などは見えないが、ダーナム周辺の丘のすがたなどは見えてはいるのだ。

「イヤだな。私は……正直にいいますけどね、ヴァレリウス卿。私は船というものに乗るのは生まれてはじめてなんですよ」

「そうですか、それはそれは」

「そういうものはうちにはたくさんいますよ。カレニア人は森の民なんですからね……むろん川を小舟で下ることなどは知っているが、こんな、広い海みたいな湖を大きな船でわたるなどということは……」

「イーラ湖ですと、海ほど広いとは、たぶん海の者ならまず思いませんでしょうね」

ヴァレリウスは、さまざまな荷物の箱が、ナリスの近習たちの手で運び込まれてゆくさまを見守りながら云った。ヨナは出航の取りし切りに船つき場へ降りてこまごまと指図をあたえている。

「私にとっては、海だよ、これは」

「本当の海というのは、もっと、この何倍も何百倍も広いようでございますよ。私も、そうそう海の実際なんか知ってはおりませんが」

「沿海州の連中なら、こんなちっぽけな船に乗ってこんな狭い湖をわたるだけで大騒ぎしている、といって私らのことを笑うんでしょうね」

ローリウスは肩をすくめた。

「しかたない。カレニアは深い山のなかなんだから。足の下がいつも揺れているあんな水だなんて、なんだかイヤだなあ。なんだか信用できない。そもそも足の下に大地がない、なんて、なんという理不尽なことなんだ」

「大丈夫ですよ。ほんのしばらくのご辛抱ですから」

「あなたはそういわれるけど、ヴァレリウス卿」

ローリウス伯は朴訥な顔にまだ困惑の色を浮かべていた。それから、思い切ったようにうなづきかけて、これも船つき場へ、側近をつれて降りていった。ワリス聖騎士侯はこのやりとりを笑いながらきいていたが、そのまま、一緒に連れてゆくつもりの愛馬のくつわをみずからとらえて、これも降りてゆく。

いよいよ出航である。五十人乗りの大船の両脇に、二十人乗りのやや小さい船が何隻か並んで、桟橋から板がわたされ、そこに馬が積み込まれようとしていた。馬たちも、およそ船になど馴れていない平原の国の馬である。あとずさりしたり、くつわをとられてひきずられても足をふんばって抵抗したりして、なかなか大人しく乗込もうとせぬので、馬番たちがやっきになってなだめたり叱ったりすかしたりしなくてはならない。これも、意外に時間がかかりそうだった。

「いっそ、馬は全部、早めに送り出してダーナムへ先回りさせたほうがよかったのかな」

ヴァレリウスはつぶやいた。だが、ルナン隊と同発させれば、タラが手薄になりすぎるし、といっていま馬を連れて、別の部隊を出発させても——事実そうやって出発する部隊はあるのだが——そちらは到着がかなり船の部隊より遅れてしまう。痛し痒しとはこのことだ。

(まあ、やむを得まい……)

ヴァレリウスはまだ灰色に垂れ込めている空を、祈るような表情でふりあおいだ。

「ヴァレリウスさま、そろそろご乗船を」

ヨナがすべるように寄ってくる。

「アル・ジェニウスは」

「もうすっかり、船室のなかは落着いております。用意万端ととのって、あとはヴァレリウスさまのご乗船をまつばかりです」

「そうか……」

「居残り組にももうすべての指令はいっています。タラをかため、ダーナムからのろしの合図がきしだいタラを撤収して陸路ダーナムへ合流にむかう予定です」

「わかった、ではヨナどのもご一緒に」

ヴァレリウスはゆらゆらと船つき場のほうへさいごにヨナといっしょに降りていった。

魔道師であるヴァレリウスには、《閉じた空間》を使って、このていどの湖なら、船など使わずともなんとか横断はたやすいことだ。だが、身ひとつならともかく、これだけの軍勢と荷物と馬と、なによりも重大なナリスの棺とを運ぶことはいまの魔道師たちではできない。

(こういうとき、古代機械のことをどうしてもひとは思ってしまうのだろうな)

ヴァレリウスは渡り板を渡って、五十人乗りの船にのりこんだ。船首に、ルーン文字で、「ノースの翼」と書いてある。それがこの船の名前らしい。

ノースとは、古い伝説でかつて地上で勢力をふるっていたとされる、羽根のある竜神のことだ。ヴァレリウスは多少イヤな気がしたが、その不安をむりにおさえつけるように、誰にも何もいわず、甲板に立った。

「ヴァレリウス、なんだか、心もとないな」

ボースが、またしても寄ってきてぶつぶついう。どうやら、かなり怖いらしい。ローリウスとワリスは船室にひっこんだらしく姿がみえない。

「公、船室におりておいでになったほうがよろしいかもしれませんよ」

「下に降りてしまってそのう、もしものことがあったら、外に出られないままとじこめられてしまって、水の底に……ということになるんじゃないのか？　そう思うとどうも、その……」

「大丈夫ですよ」

ルナンが、妙に晴ればれとしたようすで先発隊を引き受けたのは、もしかして、船にのらずにすむ、と思ったのかな、というひそかな思いがヴァレリウスの胸をかすめた。いかに船にのったこともない内陸の国の武将とはいえ、みんな子供のように——という苦笑がわく。ヴァレリウス自身も、そんなに船に馴染みだの知識があるわけではなかったが、恐しいという気持はさらさらなかった。むろん、魔道師であるということは大きく影響していたには違いないが。

「ヨナどの……」

まさか、副参謀もおじけづいてはいないだろうな、とふと目をやると、ヨナのほうは、まだ陸にいて、さいごの指図でもあたえているのか、それともしばしの別れを惜しんでいるのか、桟橋にいるカラヴィアのランに何かしきりと話していたが、船長にうながされると、もうもやい綱がとかれてゆらゆらしはじめている船にひょいといとも身軽に飛び乗った。それをみて、ヴァレリウスは思い出した。

(そうか。ヴァラキアのヨナ……ヨナは、沿海州の出なのか)

「船が出るぞーう!」

呼ばわる声が湖上にひびきわたり、『ノースの翼』号はゆるゆると漕がれて出てゆく。ボースもようやく船室に降りて行く気になったように、おぼつかぬ足どりでしっかり手すりにつかまりながら階段をおりてゆく。

揺れながら動き出した船の甲板を、平然と歩いてきたヨナがヴァレリウスのかたわらにたった。

「出ましたね」

おだやかな声でいう。ヴァレリウスはヨナをよこ目でみた。

「どうされました?」

「いや、あなたが、沿海州の出だ、というのをついついまったく忘れていたのだな、と思っていたところだよ。この船にもひとりだけ、船にのるのに馴れた人がいるんだ。諸卿は皆さん船がはじめてだと大騒ぎで」

「といいましても、私も十代はじめでヴァラキアを出ておりますし、もともとがうちの父親は大工でしたから、そんなに船乗りみたいに馴れているというわけではございませんよ、ヴアレリウスさま」

「いや、海を見たことがあるというだけでも違うと思うな。ヨナどのからは、こんな湖、ささやかな池のようにしか思われないんだろう?」

「ささやかな池ってことはありませんが、まあ確かに、海ではありませんね」

ヨナは笑い出した。珍しく、少年めいた明るい笑いだった。

「こうして、船に乗込んだとたんに、ああ、なんだか子供のころを思い出すなと思っておりました。それは本当です。でも、同時に思うのです。ああ、でも、違う——この水には、潮のにおいがしない、って」

「潮のにおい。ああ、海は」

「ええ。潮のにおいがするんです。僕は潮のにおいにつつまれて育ったようなものですから。……こうしていると真水のにおいがしますね。なんだか不思議な気分ですよ。からだが揺れているのはなつかしい海の感覚なのに、だのに潮のにおいがしないんです。なんだか、何かにだまされているような気がするんですよ」

「そうか……」

「ヴァラキアを出てきたときも、船で……海路でヤガ、スリカクラムとまわり、スリカクラムで船をおりて陸路草原を抜けて、さらにダネイン大湿原を湿原船で渡ってカラヴィアに到着したのです。とても長いことかかる旅でした。二ヵ月近くかかったのではなかったでしょうか。パロ宰相のリヤ卿に同行していただいたのですが」

「ああ」

ヴァレリウスはうなづいた。

「考えてみるとあなたとは、あまり個人的なことをお話したことさえない。――私はそのリヤ卿に拾われた捨て子ですから、いうなればそういう意味でもあなたとはご縁が深いな」

「それは、うかがったことがございます」

リヤ大臣ではなく、自分を拾ってくれたのは、リヤ宰相の息子のリーナス少年だった――ふいに、ヴァレリウスは、胸の奥にこみあげてくるなんともいいようのない煮えるような感情を覚えた。そのリーナスはいまや、生きているのか死んでいるのか、本当の本性はどうなってしまったのかさえわからぬ、あやしい竜王の罠におちてゾンビーと化しているのだ。

(せめて……もしも本当にいのちが終わってしまわれたのなら、永遠のやすらかな眠りにだけでもつかせて差上げたい……)

またしても、煮えるような悔恨と焦燥に胸が焦げた。だが、ヴァレリウスはぐっとこらえた。

(ああ……なんだか、何もかもが変わってゆく――ひとの運命も、ひととひとの思いも……)

リギア聖騎士伯の出奔の知らせも、とっくに受けている。それも、おそらくはそうなるだろう、となかば予期していたことでもある。

リギアは、スカールのもとに走ったのだろうか。いますぐそうしたのではないにせよ、いつかは、リギアはスカールのもとにゆきつくのだろう。それでいいのだ、と断言したのはヴァレリウス自身だったし、また、そのことには何の後悔もなかった。ヴァレリウスにとっても、リギアに、華やかな巨大な花にあこがれるように恋していたことは、遠い昔であった。

(せめてあとは――あのかたが、こんなおぞましい、死んだあとまでもそのからだがゾンビーとなって襲いかかってくるような呪われたいくさから無事逃れて……少しでも安息と幸せを手にいれて下さればいい……)

そう思ってみても、また、リギアがスカールに抱かれるさまを思い浮べてみてももう胸がうずき痛むことはない。ヴァレリウスにとっては、すべてはもうあまりにも大きく動き、変わってしまっている。

(もう、かえれない。もう戻れない、何もかも……)

マルガで謀反の旗揚げの決意を固めてからというもの、何もかもが、そうして(もう帰れない――)と思うことがあまりにも多かった。ヨナはまだ若い。まだそんな悔恨は知らないのだろう、とヴァレリウスはそっとヨナをぬすみ見る。

ヨナは、きっちりとまとめた髪の、わずかなおくれ毛を湖上の風になぶらせながら、何かをなつかしむように目をほそめて、船上からの、湖の景色を楽しんでいるようにみえる。その青白いやせたほほに、いつもよりはいくぶん若者らしい血の色がかすかにのぼっている。そうして、血色がややよくなっていると、ヨナも非常に端正な整った顔立ちの若者だ。ヴァラキア生まれの沿海州人にしてはずいぶんと色が白い。

「もう、僕は、ほんとの海を見ることはないのかな……レントの海、コーセアの海を……」

そのくちびるから、かすかなつぶやきがもれたとき、ヴァレリウスは、ヨナもまた、（もう、帰れない）という、同じ感慨をひそかに抱いていたのだ、とあらためて知ったような気がした。

「ノースの翼」号はゆっくりと、だが確実にタラの岸をはなれつつある。

## 2

湖水は、しずかであった。

むろん、鏡のようにしずまりかえっているわけではなく、波はたえずたっているが、それほど大きな波ではない。だが、船にも波にもまったく経験のない武将たちにとってはそれだけの波でも相当にこたえるらしく、小姓から、「ローリウス伯爵がご不例で、横になっておられます」とか、「ボース公の副官のかたが船尾のほうで吐いておられます」などという報告がいくつかきた。三つほどある船室のひとつをナリスにあて、もうひとつを武将たちにあてがったのだが、そこにおりていっても、異様なほどにしずかで、みんな気息奄々という感じでじっと横になったり、青い顔をして気持悪さをこらえているらしい。

ヴァレリウスは魔道師だし、残るひと部屋にいれた魔道師たちのほうはまったくなんともなかったがこれもともとあまり口をきかぬ集団である。船室はどれもおそろしくひっそりとしずまりかえっていた。ちゃぷん、ちゃぷん、とその船壁に波のあたる音だけがする。

その分、しかし、船倉にいれた二十頭ばかりの馬たちがずっと騒ぎ立てて、充分にやかましくしてくれていた。馬たちはかなり恐慌状態になっているらしい。馬番たちが必死になだめつづけているが、馬も船酔いするのか、足を折ってすわりこんでしまっている馬もあるし、戻している馬もあるという報告が入ってきた。ヨナだけが、憎らしいほど元気である。

武将たちにとりあえず、船酔いよけのちょっとした薬草をわけてやったりはしたが、それもまじない程度のものでしかない。ヴァレリウスはひっそりとしている、ナリスを棺ごと運び込んだ一番奥の船室に入っていった。カイと数人の小姓たちと、ロルカひきいる下級魔道師が結界をはるために数人、それに近習たちがひっそりと警備している。ヴァレリウスをみるとみな、黙って頭を下げる。

「何も、変わったご様子は」

「ございません」

もう、棺の蓋はとじてはおらず、棺というよりも、安全にナリスを輸送するための寝台のような感じで、寝心地がよいように羽根布団をしきつめ、枕に頭を埋もれないよう高くし、上等の布団と毛布でつつまれたナリスは、あの葬式の祭壇によこたえられて人々の弔問をうけていたときとまったく同じ顔で目をとざしている。それは誰がみても、すでにこの世にないひとのすがたに見えたし、また、ある意味ではまさにそのとおりなのだった。

ナリスは眠っている。――だが、それは世の通常の眠りではない。それは、魔道師イェライシャの術による、通常の意味では「死」というしかないものであったし、もしもイェライシャがそれを解除しようと思い、そのための術をほどこすことがなければ、もうナリスは目覚めることはないのだ。それは、ヴァレリウスはイェライシャから何回も注意されていた。

また、もっともヴァレリウスがひそかにおそれているのはそれ以上のことであった。もしも、イェライシャが、いま万一のことでもあったら——あるいはイェライシャに騙されたのなら、あるいはイェライシャの術に手違いがあれば、策略のつもりでほどこしたその大きな賭けにあっさりとヴァレリウスは破れ去り、ナリスはもう目覚めはせぬ。そのおそれを充分に承知の上で、それでもヴァレリウスは、ナリスの了承をえてこの方法を選んだ。ほかにもう、竜王の影からの支配を逃れる方法はない、ということをあらためて思い知ったからである。

だがまた、イェライシャが注意したとおり、この状態が長時間にわたればわたるほどナリスの回復後の状態に危険が及ぶだろうということ——そしてすでに、かなりこの術を使うケースとしては異例なくらい、仮死の状態が長くなってしまっているということは、ヴァレリウスが一番よくわかっていることでもあった。

ヴァレリウスはそっと棺に近寄り、手をのばして、ナリスの頬にふれた。それは氷のように冷たかった。むろん、そのとがった細い鼻からも、唇からも、呼吸は一切もれてこない。心臓の鼓動も、胸のかすかな上下もまったくない。普通の毒薬でそうできるような、魔道師ならば見破れる程度の仮死状態では、とても竜王の間者をたぶらかすことはできないだろう、そうイェライシャはいったのだ。それゆえに、ナリスに施された術は徹底したものであった。ヴァレリウスとしても、何回そう確かめてはいても、わかってはいても、どうしても、こうして目のあたりにしているかぎりでは、ナリスがまたふたたび息をふきかえし、もとどおりに動き出すことがあろうとは信じがたいようなおののきと不安が、ときとして耐えがたいほどに噴出してくる。

(ナリスさま……)

その、平穏な——まるで、こうなって生まれてはじめて本当の平穏を得た、と告げているかのようなやすらかな顔を見ているのが耐えられなくなって、ヴァレリウスはそっとその顔の上にうすい布をかぶせた。そのまま、あとをよく見張っているように機械的に言い付けて船室を逃れ出る。

(ナリスさま……どうか、何事もなく……つつがなく——)

じっと見つめていると不安に心臓がおかしくなってしまいそうだ。ヴァレリウスは、帆も張り、すいすいと対岸めがけてすすみつづけている船の甲板によろめくように出ていった。明るくもない陽光が彼をうった。相変わらず湖は曇っている——だがさきほどよりは多少日がさしてきたらしい。白い波がたっている湖面は、うねるように大きく動いていた。

ヴァレリウスは、物思いに沈みながら、甲板の椅子に腰をおろした。ヨナが反対側に座って湖を見つめている。そのとなりにゆこうかと思ったが、いまはヨナとさえ口をきく気にならなかった。

(もしも……もしもあのまま……)

そう思っただけで、頭がしめつけられ、心臓がぎゅっと握りしめられるような窒息感がおそってくる。ヴァレリウスはそっと胸もとに手をやり、首に鎖でかけている指輪を握りしめて、ルーンの聖句をつぶやいた。

（守らせ給え……聖なるヤーンよ、忠実なるおんみのしもべを守らせ給え……）

いまのヴァレリウスにはもう、少なくともダーナムにつき、またふたたび旅がはじまるまでは、ただ祈るだけしかなすすべがない。

（ヤーンよ……ヤーンよ……どうか、無事に……無事にあのかたを……この世の岸にかえしたまえ……）

いろいろと多忙に動き回っているあいだはよかった。ちょっとでも、動きをとめると、いきなりあまりにも巨大すぎる懸念がずっしりとのしかかってくる。ヴァレリウスのかよわい心臓など、たちまちそれにおしつぶされてしまいそうだ。

（ああ――）

ヴァレリウスは、じっと座ったまま、わななくような吐息をもらした。ボースやローリウスは船のことを心配していたが、そんなものでおろおろしていられること自体がヴァレリウスには羨ましい。ヴァレリウスがかかえこんでいる不安と戦慄と懸念とは、一人ではかかえきれないほどのものにふくれあがってゆこうとしている。だが、誰がそれをともに受け止めてくれるわけでもない――いや、ヨナも、またボースたちもそれなりに多寡はあれ、ともに受け止めようとし、また受け止めてはくれもするだろうけれども、ヴァレリウスにとっては、それは何か、根本的に意味が違っていた。誰にもおのれのこの苦しみは理解できないのだ、と思う。

（もしも……もしものことがあったら、それこそ、俺が――俺がこの手でしてしまったことになる、俺がこの手で……）

術を施したのはイェライシャにせよ、それをすると決断したのはヴァレリウスだ。おしつぶされてしまいそうな恐怖に胸ふたがれて、ヴァレリウスはまた荒々しい吐息をもらした。吐息をしていないと、呼吸をすることを忘れてしまいそうだった。

（ああ……）

苦しみにうつろになった目で、湖水を見やる。本来ならば、イーラ湖の風景は、淋しいけれども非常に美しい風光明媚な場所として知られている。それは旅の心をなぐさめるには充分だろう。だが、いま、ヴァレリウスの目には、青く美しいひろがりをみせる湖水も、そのなかでときおりはねる魚の銀鱗も、はるかに見える対岸の森の緑、その彼方の山のなだらかな稜線も、すべてはまったくうつろなむなしいものでしかなかった。

遠くに船影がみえるときだけ、気になる。だが、それもごく小さな漁師の舟で、すぐにまた遠くへはなれてゆく。「ノースの翼」の両側を守るようにして、二つの、二十人乗りの中型船がちょっと遅れてついてくる。さらにそのあとに二隻。

（とりあえず……対岸についたら、それでどのくらいになるんだろう……この船はあまり人数的には多くは渡せていない、棺もあるし、もろもろあるから、結局二十数人しか……馬もいるし……あの二隻であわせて三十人にはなるか……あとの二隻がつけばもうちょっと……それでも、当面、百人にもみたない――）

ルナンが連れていったのは、確か先発隊が五百人、そのあとさらに五百出て、いまごろはつごう千人にはなっているはずだ。

さらにそのあとから、もう千人が追いかけてくるが、これはこの船の出を見てから出発することになっていたから、もうちょっと到着まではかかるだろう。ランとリーズがひきいるさいごの部隊が追い付いてくるまで、ダーナムで待っているのは危険かもしれない。情勢によってはそのままもう、強引にマルガにむかって下りはじめるほうがいいかもしれないとヨナと昨夜も相談していたばかりだ。ダーナムからは、あまりはかばかしい答えが実はきていなかった。国王軍につく、ということはまずありえなさそうだが、しかしダーナムはクリスタルからそれほど遠くない。ダーナム市側としては、下手にナリス軍につくという表明をしてしまって、この内乱にまっこうからまきこまれたとき、まさにダーナム界隈が戦場になってしまうのではないか、ということは非常におそれていたとしても当然だろう。

（まあ、直接にこちらの軍が入ってゆけば、いやでも――抗戦する気がない以上、かたちとしてはこちらの味方ということになるだろうが……よほど国王軍の追撃部隊が大軍で、それをあてにして寝返ったりしないかぎりは、こちらがいるあいだはこちらにいい顔をしているだろうが……しかし、積極的に兵を出してくれるのでなくては、こちらにはあまり意味がない……）

ヴァレリウスは、くちびるをかみしめたが、じっさいには、船室に、冷たくひっそりと眠っている人のことを思っているよりは、こうしていまの戦況や状態についてあれやこれやと考えこんでいるほうが、ずっと楽だった。

（ん……？）

ふと、ヴァレリウスは目を細めた。

次の瞬間。

ヴァレリウスは、いきなり椅子から立上がっていた。

「あれは――！」

ふいに、そのおもてに激しい緊張の色があらわれた。

「ロルカどの、ロルカ――いや、ディランどの！」

ロルカは船室の警備についていたのを思い出して、激しく心話をほとばしらせる。同時にそれを感じたかのように、ヨナがいきなり飛上がって甲板をこっちにとんできた。

「ヴァレリウスさま、気配が」

「わかってる。大丈夫だ」

そう答えるのがやっとだった。ヴァレリウスは、いきなり、ヨナを階段のほうにおしやった。

「船室へ！　ナリスさまを頼む！」

「わかりましたッ！」

ヨナもふたこととは云わせない。そのまままころがるように階段をかけおりて船室へ飛込んでゆく。ヨナが入っていっても、べつだん結界を強化できたり、ナリスを守る力になるわけでもないのだから、むしろそれは、ヨナ自身をここから下においやって守るためだった。

「ヴァレリウス！」

かたわらにすいと、黒い影が二つあらわれた。ディランとギールだった。

「どうした。何か《気》の流れが変だな」

「おそらく、あれだと……」

ヴァレリウスは手をあげて、まるでさししめすことでそれが実体化してしまうのではないかと恐れるように、そっとさししめした。

湖水の一部が——かなり先のほうの、船の左側の湖水の表面が、妙なかたちに持上がっている。

青い、美しいイーラ湖の水が、急にそこに黒い油でもおとしたかのように、色がかわり、汚いいやな色ににごり——

そして、それが、のろのろとうねりはじめている。

それは、まるで、意識あるかのようにさえみえるうねりだった。そこに何か、そういう黒いなめらかな巨大な生物が水面下にいて、それがゆるゆると身をおこそうとしているようにみえる。

（のたくる水に注意しろ——！）

いきなり、ヴァレリウスは飛上がった。

（どうした！）

（結界を！　おそらく竜王の襲撃です！）

ヴァレリウスは心話で絶叫した。

(グラチウスの予告だ。のたくる水——あれだ!)

同時に、ギールとディランがヴァレリウスの肩をつかみ、《気》を合流させた。ぱっと結界がはりめぐらされる——もともと、湖に出るときに下級魔道師たちが結界を張っている、その上にさらにおおいかぶせるようにして、三人の上級魔道師が結界を張ったのだ。もしも魔道師が見ていれば、瞬時に船のまわりにぱちぱちと青白い火花がたち、火花でできた網目が船のまわりをおおいつくしたのが見えただろう。

(ヴァレリウス、どうする——あの二隻は)

接触したままだから、ストレートに心話は流れこんでくる。ディランのことばに、ヴァレリウスはくちびるをかんだ。

結界はひろげればひろげるほど、当然のことながらうすく、弱くなる。結界が小さいほどに力を集中できるのだから、当然のことだ。だから、この大きな船全体をおおうように張り巡らしただけでも、かなり、結界は強いとはいえない状態になっている。

その上に、かなりはなれたところにいる二隻の船までをカバーしてやれるだけの力は、かれらにはない。

二隻にもそれぞれ、数人づつは魔道師が乗込んでいるはずだが、それはいずれも下級魔道師だ。それでもひととおりの結界をはるように指示もしてあったし、ただちにディランがかれらに向かって(結界!)という心話を送り込んだが、ありていにいってただの気やすめ程度にしかならないだろう。

（おお！）

思わず、ヴァレリウスとディランたちは目を見張った。

グラチウスのいうのたくる水――黒い、べったりとなめらかな、まるではるかなノルンの海に住むというクラーケンか、コーセアの海と南の海の最大の魚ガトゥーのような肌あいをみせて、水が立上がろうとしている。

いまやそれは、ひとの背丈をはるかにうわこす、何タールもある持上がりとなって、のろのろとうねりながら、こちらにむかってこようとしている。それはいっぺんにおしよせてくるのではなく、いったん下にさがり、それからまたもちあがり、そのたびごとに少しづつ背丈を増しながら、水面下にまでなにか巨大なその黒いかたまりが続いているのが少しづつ水上に出てくるかのように、のろのろ、のろのろと近づいてくる。

「ワアアッ！」

船を操っていた水主《かこ》たちの口からもようやく、ただごとならぬ異変に気づいて悲鳴が洩れていた。ヴァレリウスは呻いた。かれら魔道師はともかく、一般の水夫たちや乗船している兵士たちにとっては、それはただ単に恐しい、世にもおぞましい怪異でしかない。それでかれらが恐慌におちいってしまえば、船の上の限られた空間はたやすく大混乱におちいるだろう。

「ディランどの、ギールどの、ここを頼みます」

ヴァレリウスは、叫んで、結界から抜けた。結界の力が弱まるのも心配だったが、最終的にはイェライシャが出てきてくれるはずだ。それよりも、いまは、船内の混乱が問題だった。

「どうしたのだ、ヴァレリウス……」

「ヴァレリウスどの、いったい何が……」

不安そうに、おっとり刀で船室からサラミス公ボースとローリウスが飛出してくる。ヴァレリウスは、手をのばしてかれらの肩をつかんだ。

「おふたかたのお力を拝借したい！　怪異がおきそうです。しかしこれは魔道師たちが防げます。問題は、船内で馬や乗員たちが恐慌をおこして騒ぎ出すことです。ボース公、ローリウス伯爵、おふたりの権威で、水夫どもと、それから小姓や近習、馬番たちを鎮めて下さい！　ヨナどの、ナリスさまのまわりから決してはなれるな」

「あれはやはり竜王の？」

ヨナはもう落着いていた。その落着きを頼もしく感じながらヴァレリウスは大きくうなづいた。

「発している《気》からいってもまず間違いはありえない。ついにきた――まず魔道からおそいかかってきたのだ。だが私の考えでは、魔道のみでくるということはない、必ずそれにひきつづいて、なんらかの方法で、軍隊を動かして戦いになってくるはずだ。油断なく、諸君！」

「心得た」

ボースもローリウスもさすがに一軍の将であった。そうときくともはや船酔いも、船への恐怖も忘れ、すぐに剣をつかんで甲板に飛出してゆく。ワリスはナリスの船室に駆込んだ。ヴァレリウスは馬たちと馬番をなだめようと船倉へ降りてゆこうとしかけた。

そのときだった。

（ヴァレリウス、すぐ上へ！）

ディランの心話が頭のなかで絶叫した。たちまちヴァレリウスは《閉じた空間》で飛出した。

（ヴァレリウス！）

ディランが指差すまでもなく、ヴァレリウスはそれを見てとっていた。

「あ、あれは……」

勇んで甲板に飛出した、ボースとローリウスの口からも、うめくような驚愕の悲鳴がもれる。

「あれは――なんだ……」

黒い、巨大なかたちをなさないぬらぬらした水妖――といおうか、水魔といおうか……巨大な人間の頭部のようにもみえるおどろくべき大きさのものが、ぬらーっと湖上に立上がっている。

それは下にゆくにつれて横にひろがり、湖水のあたりでは、それこそ百タッドもありそうなくらいにひろがっていたが、てっぺんでは、なめらかに丸い巨大な半円になっていた。なめらかな黒だが、そこに油滴のようなしみが全体についているようにみえる。そして、その怪物は、ゆっくり、ゆっくりとのたくりながら、湖をすべるように近づいてこようとしている。その背丈はもう、一番高いところでは、十タールもありそうで、それがどっとひろがっているために、湖水の上だけにわかに暗くなったようにみえた。

二隻の船の上では、むろんたいへんなパニックがひろがっていた。甲板に皆が出てきて絶叫しながらそれを指差しているのが見えたかと思うと、特にそれに近いほうの側にいる一隻の船は、恐慌にとらわれて、なんとか安全な岸に戻ろうと、向きを必死にかえはじめたようだ。

だが、ちょうどまさにかれらは、広いイーラ湖の真ん中にさしかかったころあいだった。右も、左も、前も、うしろも、青い湖水——という、そのタイミングをはかったように——いや、おそらくははかっていたのだろう。その怪物はすがたをあらわしたのだ。うねりながらゆるゆると接近してくるそれから逃げようと、その船の上では大変な騒ぎがまきおこり——やにわに、一人がたまりかねたかのように船から水に飛込んだ。

「あっ、馬鹿者、よせ……」

ヴァレリウスが思わず、きこえぬと知りながら絶叫しそうになったとき、まるでそれにつられたように、さらに数人が飛込んだ。

重いよろいかぶとをつけたままの騎士たちだ。飛込んだからには水練の心得もあるのかもしれないが、とてもからだが浮かず、そのままあっという間に湖水に沈んでしまう。ローリ

ウスが叫び声をあげた。それはカレニア騎士団のローリウスの部下たちだったのだ。

「なんて、馬鹿なことを！　おーい！　馬鹿なまねをするな！　やめろ、やめるんだ！　おーい、おーい！」

　血をはくようなあるじの叫びもきこえぬかのように、さらに一人二人が飛込んだ。だが、さすがにそのあとを続けて飛込もうとするのをうしろから抱きとめるものもいる。しかし、そのあいだにも、ぬらぬらと黒光りする水妖は、ゆっくりとうねりながら湖上を進んできていた。

「全力だ、全力で漕げ！」

　誰かが水夫たちにむかって絶叫しているのがきこえる。反対側のもう一隻の船はあいだにこの御座船がいて、かなり怪物までは距離があったが、それにもかかわらずすっかり動転して、なんとか逃げようとするのだろう、これは対岸のほうが近いとみたか、必死に櫂の動きをはやめようとしている。しかし、どちらにせよ、そんなにいちどきに速度をはやめられるものではない。ミズスマシが必死にあがきながら水面をもがきまわっているように、かえって櫂どうしがぶつかりあってぐるぐるとまわってしまう。中には、出発した岸にこぎもどろうとして逆に漕いでしまうものもいるのだろう。

「ヴァレリウス！　船がやられる！」

　ボースの悲痛な叫び。

　ついに、のろのろとのたくってくる水妖は、不幸な二十人乗りの船においついた！

恐怖に身をこわばらせ、叫ぶことさえも忘れて凍りついている、御座船の乗員たちの目のまえで、その黒いぬらぬらとした《生命ある水》は船の上にのしかかり、飲み込もうとし――

――

そして、一瞬後にはすべてが終わっていた。

絶叫も悲鳴も、断末魔の苦悶の叫びさえもきこえなかった。激しい水音も一瞬ですんだ。あとには、もう、何ごともなかったかのように、もとの青い水面がひろがり――

ただ、もう、どこにも二十人のりの船のすがたはなかった。

恐怖におもてをひきつらせて見守っている御座船の人々の前で、ゆっくりとやがて、水のなかから、まるで満腹になった水妖が吐き出したかのように、いろいろな奇妙なもの――布のきれはしだの、木切れだの、銀色に光るよろいの袖だの――そしてめちゃめちゃにつぶれたむざんな生首だの、ちぎれた旗だのがゆらゆらと浮かんできた。

もう、誰も、声さえも発することができぬ。

魔道師たちでさえ茫然と見つめているばかりだ――

そのとき。

ぬらり――と、またしても水が動いた！

# 3

「ヒイッ！」

誰かが魂切る悲鳴をあげた。こらえきれずにもらした下級魔道師のだれかの叫びであったか。

船をのみこみ、そのまままともに水面下に姿を没した水妖が、いきなりまた、ぬらりとおぞましい黒い頭を水の上にあらわしてきたのだ！

「ヴァ、ヴァレリウス――危ない、この船が……」

ボースの声がかすれた。ヴァレリウスは痛いほどつよくまじない紐をにぎりしめたまま、湖上にまたのろのろとのたくりながら姿を大きくしてゆこうとしている怪物をにらみすえている。

「下がって！」

その唇から厳しい叱責の叫びがもれた。

「魔道師でないものは、すべて、船室へ下がって！　大丈夫だ。我々がついています。あの船みたいにやられはしない。とにかく、ボース公、ローリウス伯、みんな船室へ！　私たちを信じて！」

「だ、だが……」

「ここに、一般人がいると危険なんです！」

ヴァレリウスは怒鳴った。そして、下級魔道師に合図して、いきなり、かれらを船室へおりる階段のほうへ押しまくらせた。ボースたちはどうしたものかと迷いつつも、階段をよろめき落ちて、船室にころがりこむ。甲板の上は、ヴァレリウスと魔道師たちと水夫たち――とヨナだけになった。

「ヨナ先生、あなたも船室へ！」

「私はちょっとなら魔道をやっています」

ヨナは蒼白な顔で首をふる。

「私くらいの《気》でもあったほうがいいでしょう。お手伝いさせて下さい」

「邪魔だ！」

ヴァレリウスは恐しい形相で怒鳴った。

「引っ込んでろ！　船室へゆくんだ。ナリスさまをお守りしてくれ！」

ふたこととはいわせずヨナも階段を飛び降りた。だが、もっとも恐慌にかられているのは水夫たちであったし、水夫たちを避難させてしまうと、船の操舵をするものがいなくなる。

船長は髭の痩せた長身の男であったが、恐怖に顔をひきつらせながらも、気丈にもまだ舵をしっかりと握っている。というより、それにつかまっていることでかろうじて自制心を保っていられるのかもしれない。

「ヴァレリウス！」

ディランの心話――と同時に肉声が殺到した。

「あれは、幻術じゃない。――実体がある。ヒプノスの術じゃない！」

（わかっています。だとしたら、あれは――どこか異次元からそちらの生命を呼出してきた禁断の術だ）

（ロルカにここにきてもらわないと……我々の結界では、実体のある相手には……）

（駄目です。ロルカどのにはナリスさまをお守りいただかないと。ディランどのにもそちらにいっていただきたいくらいだ。もしかして、こうやって我々を動揺させ、攪乱して、そのあいだにナリスさまの警備を手薄にし、かっさらってゆくのがきゃつの戦法でないとどうしてわかります！）

（ヴァレリウス）

ディランの心話が哀願の調子を加えた。

（あのかたに――あのかたにお願いして……すぐにお力を貸していただくわけにはゆかないのか……）

（わかっています。でも……駄目なんです！）

（なんだと、何故だ？）

（呼んでいるんです、さっきから。でも、お答えがない。――まさかと思うが、眠っておられるか――それとも……)

(眠って!)

魔道師の眠りは異常に深い。

浅いときには、それはただからだの疲れをとるためだけのもので、頭はほとんど目覚めている。だが、本当に《気》を補充しなくてはならぬとき、術を使いすぎて《気》がなくなったとき、魔道師は異常なまでに深い眠りにおちる。どれほどすぐれた魔道師でも、そこをつかれたらたやすくやられてしまったケースは魔道史上、枚挙にいとまがない、といわれる。それほどに、魔道師とは、精神の力をケタはずれにつかい、そのために、尋常でなく疲れはててしまうものなのだ。

もしも、イェライシャが本当にその眠りにおちているのだとしたら、何があろうと、それをさまさせることはできまい。ディランのおもてが蒼ざめる。

(それとも――?)

それとも――

まだ、こんなくらいでおのれが出てくるほどの窮地か――

イェライシャは、暗黙のうちにそう思っているのかもしれぬ。むろんさいごには救ってくれるだろう――だが、それまでは、自分でちょっとは努力してみるがいい、とそう思っているのだとすれば。

ヴァレリウスは血が出るほどくちびるをかみしめた。

(くそっ——俺だって——俺だって上級魔道師ヴァレリウスだ……)

《ドールに追われる男》イェライシャ、大導師アグリッパ、〈闇の司祭〉グラチウス——などという、歴史に名だたる大魔道師たちの名声の前に、「上級魔道師ヴァレリウス」などという名前など、またその力など、本当にグラチウスのいうとおり「木端魔道師」そのものでしかない。そのことは誰よりも、ヴァレリウスがよく知っている。そもそも、パロ魔道師ギルドの上級魔道師、などという地位など、かれらのランクからみれば、当のヴァレリウスから見た下級魔道師のさらにその下の魔道師見習い程度のものにもならないだろう。魔道師を決定するのはパワーと術の力のみ——ヴァレリウスのふるえる力など、かれらからみたら滑稽なくらい小さい。そして、そのかれらがおそれ、かなわぬと思う相手——それがヤンダル・ゾッグなのだ。

(いや……イェライシャ導師は、かなわぬとは思ってはおられまいが……)

アグリッパならあるいは大丈夫かもしれない。だがアグリッパには、かぎりある地上の出来事に介入する気はいっさいない。

(くそっ……)

強くなりたい——

力が欲しい。

つねにそう念じてきたヴァレリウスだが、これほどまでに痛切に、痛烈にそう感じ、念じ、願ったことはいまだかつてなかった。

その間にものろのろと、湖妖はさきほどのあのイヤらしい動きをくりかえして、しだいに巨大化しながら波の上に屹立しようとしている。また、その下半分のぬらぬらと黒い、おぞましい、エイの背中を思わせるひろがりが、何タッドにも及ぶくらいに横に大きくなってきた。なんだか、前よりもさらに巨大化したように思えるのは、こんどの獲物が巨大だと相手が感じているからなのか、それとも、いま、二十人乗りの船を一瞬にしてしずめ、そこからおぞましい、人間たちの生命を奪って吸い取ったエネルギーを得たからなのか。

顔も目鼻もなにもないそのぬらぬらした、生命ある幕のような怪物から、ヴァレリウスは、なにやらえたいのしれぬ歓喜のような波動が流れてくるのを感じとった。ことばにすればそれは、（もっと……食いたい……もっと……もっと！）というような波動であった。貪欲と底なしの欲望と暗黒――それだけに、怪物の原初的な思念はぬりつぶされていた。

ヴァレリウスはぎりりとくちびるをかんだ。怪物はついに御座船に迫りつつある。もはや一刻の猶予もならなかった。

「ディランどの、援護を！」

ヴァレリウスは、叫んで、やにわに、熱線を剣のかたちに固定させる呪文をとなえはじめた。ディランがあわてたようにのぞきこむ。

（ヴァレリウス、どうするつもりだ！）

（このままでは御座船が危ない。私がゆく）

（でも、あの怪物は！）

（大丈夫です。援護と結界をお願いします）

両手を結び、そのてのひらのあいだに溜められるだけの《気》を溜めて、ヴァレリウスは、思い切って身をひるがえした。ふわり、とその黒いマントにつつまれたからだが浮び上がり、船をはなれ、湖上の空中に浮いた。

（ヴァレリウス――！　気をつけろ！）

ディランの心話の絶叫がかすかにひびいてくる。

（ギール、魔道師たち、ヴァレリウスに《気》を送り込め！　ロルカ、船室からでいい、ヴァレリウスに《気》を！）

仲間たちの《気》が入ってくると、からだを浮かすのがさらに楽になった。ヴァレリウスはまっしぐらに湖上をとんで、おそれげもなく怪物の上へむかっていった。

怪物は、黒い、おのれにくらべればごくごくちっぽけなヴァレリウスのすがたが、船からはなれてこちらに飛んできたことなど、何の注意も関心もはらわず、ひたすらぬらぬらと、いったんちぢまってはまた大きくのびあがり、そのたびに前より大きく育ってゆく――というう、さきほどからみせているしぐさをくりかえしている。どことなくみだらな印象のあるそのぬらぬらとした動きのたびに、水面に、さきほど犠牲となった不運な船の乗員たちのなきがらや遺品、船の部品や破片などがとびちり、ゆらめく。水は、上からみると、怪物の周辺だけ、真っ黒になっていた。上からみたかぎりでは、この水妖は船の前に何トルにも水面下にひろがって――船そのものさえ、そのひろがった水面深い裾野の上にのっているようにしか見えぬ。だとしたら、この怪物がそこまで水上にぬっと身をおこしさえすれば、べつだんおそいかかってこずとも、船はあっけなく、ナリスの棺をのせたまま転覆してしまうにちがいない。

その黒が本当に怪物のからだの一部だとしたら、いかにこのさき御座船が全力をつくして漕いでも、逃げるより早く怪物におそいかかられるだろう、というほどに、それはひろがって、青い湖水をおぞましいぬらぬらとした黒に染め上げている。ヴァレリウスは、とっさに計算し、方向を考えた。とにかく、船に危険を及ぼしたくない。本当は、船にただ大波による動揺をさえおこさせたくないのだ。

（俺が……おとりになって、こやつをあちらへひきよせられればいいのだが……）

ヴァレリウスは、ちょいと、誘いの《気》を怪物めがけて送り込んでみた。

だが、駄目だった。怪物は反応しない。それは予期しないでもなかった。あまりに原始的な生物だと、脳に直接はたらきかけるそういう刺激には反応しないほど、脳の動きがにぶいことがある。というより、脳というほどのものがないのかもしれない。

ヴァレリウスは戦法をかえた。手のひらのあいだにためこんで剣のようにとがらせた熱線を、ちょっとだけわけ取り、それを刀子のように、湖上の怪物にむかって投げつける。それにかっとなった怪物が突然動き出して船に大きな被害がおよんだりせぬよう、船の反対側にまわりこみ、そちらからするどくそれを投込んでみたのだ。こんどは手応えがあった。怪物がびくりと、そのぬらぬらしたまるい巨大にひろがった頭をふるわせた。

目も鼻も口も、およそ道具立てらしいものは何ひとつもってない、あまりにも異質な感じのする怪物だ。——だがディランのいうとおり、それが黒魔道師のよく使うような、ただの幻術で実体のない攻撃であったり、あるいは湖底の泥だの、水だのにかりそめの闇の生命をあたえて動かしているだけの呪術による生物ではない、ということは、ヴァレリウスにもはっきりと感じられた。

だが、また、そうであるほどに、これは、地上の、普通の人間が——ことに中原の人間が知っているいかなる生命体でもない、という実感もいっそうつのってくる。いったいどこに知能や、この動きをコントロールしている頭脳があるのか、どのようなしくみで生きているのか——これまでに知られたどのような中原の生物とも似ても似つかない怪物だ。しいていえばあの伝説のクラーケンに一番近いだろうが、それよりもはるかに、何十倍も原始的な段階にいる、ほとんど反射運動だけで動いている生物だ、ということはなんとなく感じ取れる。だが、危険であることはかわりがなかった——というより、原始的であるほどにいっそう危険であった。

ヴァレリウスは、ひそかな危惧を感じながら、ふたたび熱線をこんどはとがった刃のようにするどくとがらせ、力まかせにヤーンの聖句もろとも怪物に叩きつけた。声にならぬ波動のようなものが感じられて、怪物の頭の一部がそげてとれた。

湖上でかよわい木の葉のようにふるえながらヴァレリウスの死闘を見守っている御座船の上から、かすかな歓声があがる。だが、ヴァレリウスは次の瞬間、あわてて空中をとびのいた。そんなことではないかと思っていたのだ――丸くぬらりとしたぶきみな頭をかなり大きくそいでやったと思ったのだが、それは次の瞬間、べつだんそこがとれただけでいかなる痛痒も感じてはいないかのようにまた、ぬっと一段巨大化して湖上に立上がったのだ。

（くそ……）

苦痛の波動が伝わってこないことで、あるいはと思っていたのだ。だが、やはり、この怪物は、あまりに原始的で、一部を切り取ってもまったくその動きに影響を及ぼされないようだ、とわかって、ヴァレリウスはくちびるをかんだ。

（くそ、それなら、これでどうだ……）

たてつづけに熱線を送り込み、スパッ、スパッと怪物の湖上に出ている部分を片端から切り取ってやる。そのたびに、黒いぶきみなぬらぬらした汁をしたたらせながら、その切り取られた部分が湖のなかに落ちて行く。

だが、怪物は、いっこうにこたえたようすもなければ、そもそも、そうやって攻撃されていることの意味さえもわからぬかのようだった。またしても、それはぬらりといったん水面下にもぐり、一瞬後にあらわれたときには、もう上のほうはまるくぬらぬらしてはいなくて、ヴァレリウスが切り取ったとおりにぎざぎざになっているくせに、動きには何のかわりもないままに高さは前の倍近くまでも一気にのびあがってきた。

その復活はあまりにも急で、しかもヴァレリウスの予想よりもずっと巨大だったので、ヴァレリウスはあわや、空中にありながらその怪物の体の一部にはたきおとされてしまうところだった。ヴァレリウスはすかさず飛びのいた——同時に激しく念波を船にむけて送り込む。

(逃げて！　私がこうやって、ひきつけているあいだに、逃げて下さい。岸へ！)

いらえる手間をはぶいて、ディランから命令が下ったのだろう。御座船の上に、ようやく動きがみえる。恐怖と狂乱のあまり硬直していた水夫たちを船長が雄々しく叱咤して、なんとかまた櫂にとりつかせようとしている。上空からみおろせば、この湖水の中央の異様なこの死闘の情景以外の場所は、まったくけさがたまでのイーラ湖の風景とかわらぬ、のどかでひっそりとさびれた湖の情景であった。が、さきほどまではけっこうたくさん遠くにみえていた、魚をすなどる漁師たちの小舟はこの騒ぎに仰天して岸に逃げ込んでしまったのか、もう一つも見えぬ。曇っていた空はだが、明るさをまし、瞬間に日がさしこんできた。妙にうららかなその陽光が雲を破るようすと、湖上の怪物、そして空中に黒いマント姿で浮揚している魔道師ヴァレリウス——という、そのすがたが、妙に現実感を欠いているように、当のヴァレリウスにさえ思われる。

(駄目だ。駄目だ、ヴァレリウス！)

ふいに、絶望にみちたディランの心話がヴァレリウスを打った。ヴァレリウスは見下ろしてあっと身をこわばらせた。

もう一つの、まったく同じ——だがかなり小さめの怪物がぬらぬらと御座船の前に、この怪物と、御座船をはさんだ反対側に立上がってきつつある！

が、そうではなかった。

上空から見下ろしたヴァレリウスにだけはわかった。それはもうひとつの怪物ではなかった。同じ、この湖底にどろりとひろがっている怪物の、反対側の一部が、ぬっと持上がってきただけだったのだ。

(く……ッ!)

ヴァレリウスは、うめきをかみころした。もっとも恐れていたのはそのことであった——四方八方から、こうしてこの怪物が身をおこしてきたら、まるでおそろしく巨大な黒い布につつみこまれるように、小さな船はたやすくすっぽりとそれに包み込まれてしまう。

(船を……船ごと飛ばせさえすれば……ッ!)

ヴァレリウスは古代機械をあやつるすべをもたぬわが身を、パロ魔道師ギルドの技術を呪った。だがそんなことをいっている場合ではなかった。

(ヴァレリウスーッ! アアアアッ!)

船からの悲鳴のような心話が、急をつげる。だが、ヴァレリウスにもどうすることもできぬ。めったやたらに、熱線を送り込んで怪物をまた切りかかってみるが、怪物はまったくこたえたようすもなく、ただ、もう、ヴァレリウスの攻撃はこのていどのいたでしかあたえないということがわかって、安心したかのように、ぬらりと水中に没したかと思うと、ぬうーと立上がってくる、というぞっとするような機械的な動きをくりかえすばかりだ。

じわじわと、両側からついたてが迫ってくるかのように、大小のその二つの黒い壁が船をはさみこもうとしている!

(ナリスさま——!)

ヴァレリウスは、ついにとことん追い詰められたことを知った。何回たてつづけに熱線で切込んでも、怪物はいっこうに弱るようすも、ちょっとでも力がよわめられるようすもみせない。まったく、何の苦痛も感じておらぬとしか思えない。そして、ぐい、ぐいと水のなかにもぐり、またあらわれるたびに、それは確実に巨大になり、そして確実に船に近づいている。怪物の両側からの動きで、大波がおこり、船が激しく揺れつづけている。またしても——ついに、御座船の水夫のひとりが、金切声の悲鳴をあげて水中に飛込んだ。御座船にも、さきほど沈められた小さい船をとらえた恐慌の嵐がおそいかかろうとしているのだ。怪物そのものの力よりも早く、船をほろびにひきずりこんでしまうであろう、おそるべき恐慌が。

ヴァレリウスは激しく熱線を叩きつけようとして呻いた。あまりにも急激に使いすぎた。ディランたちからも《気》の援護をかりてはいたが、体を宙に浮かせておく、浮揚の術にも、また船を守る結界を張るためにも、それぞれに《気》が必要だった。その上に、魔道師の《気》を、物質を攻撃するこの熱線に変化させるためには、かなりのエネルギーを必要とする。無尽蔵のエネルギーがあればさらに攻撃も可能だが、これだけの援護と、ヴァレリウスだけの力では、それはもはや、限界に近かったのだ。

(ああ……)

それでもまだ、ヴァレリウスは、いっかな、これでさいごまで追い詰められた、という気はしていなかった。もう、そんな境地はとっくに過ぎてしまったのかもしれない。船のなかに、この窮地をも知らずにやすらかに眠る人の存在が、ヴァレリウスを強くしていたのかもしれぬ。

(星々の海をさえ超えてきた――はるかノスフェラスの《グル・ヌー》をも経てきた！　もう俺には――俺にはおそれるものはなにもない――何ひとつ……たったひとつ、何より大切なものを失うことをのぞいては……)

ヴァレリウスは、すべての力をかけて、ヤーンに念じた。かすかに、力が戻ってくるのが感じられた。

(よし――！)

いっそ、このまま手をこまねいて、《気》がつきはて、攻撃もできなくなるくらいならば。

(力のまだ残っているうちに、その力もろとも……！)

怪物のからだのまんなかにとびこみ、それを爆発させてやる。

い、い、い、い、い、
おのれのからだごと。

魔道師のからだを信管に使えば――さいごの《気》をすべて集結させ、それを一気に四方に飛び散らせれば、かなりのエネルギーの爆発がおこる。

(それしかない)

ヴァレリウスはルーンの聖句をとなえ、ゾルーガの指輪をひしとにぎりしめた。

(ナリスさま――おさらば！)

あとのことは、ヨナがなんとかやってくれるだろう。

それに、ヴァレリウスとても魔道師だ。たとえ地上のいのちがたえはえたとて、かのカル＝モルのごとく、ロカンドラスのごとく、その魂魄のみとなっても地上にのこり、あくまでも主を守護する守護霊となるだけの自負はある。

（どうぞ……無事にお目覚めになって——あまり、ヴァレリウスがいなくなってもお嘆きにならず……）

（大切なおからだですから……何よりも、大切な……）

ヴァレリウスの唇にかすかな微笑がうかんだ。彼は、その決意を一気に心話の塊にしてディランに送り込みつつ、残った《気》をすべておのれの中心にあつめるよう思念をこらした。

（待て。ヴァレリウス）

いくぶん狼狽したようすのディランの心話がかえってくる。そんなものは相手にもしていなかった。

（できれば、もっと力を——ありったけ、私にむけて、《気》を……飛び散るときにはかなりの衝撃ですから、気をつけて……）

（待て。待つんだ）

（あとのことは……）

よろしく。

あとは心話の声にもならなかった。

ヴァレリウスは、もう何も考えていなかった。そのまま、ありったけの、その身に叩き込んだルーンの聖句をとなえ、《気》をあつめる術を集中させながら、怪物の真上をみさだめ——飛込んで爆発させてやるに一番効果的そうに見える場所を探った。

(アル・ジェニウス——！)

(ナリスさま……)

そのまま、一気に空中を落下し、飛込んでゆく。冷たい湖水がヴァレリウスを包み込み、激しい飛沫があがる。御座船から絶叫があがるのがかすかに遠く感じられる。

ぐんぐんと水中に没してゆく——充分に怪物のもっともまんなかあたりにぶちあたってからでなくては、すべてが無駄になる。

(さあ……)

さいごのときだ——ほぞをかため、ヴァレリウスが、一気におのれのなかに溜めに溜めた念を、四方にむけて力一杯飛散させようとルーンの聖句をとなえようとした、その刹那だった。

(もっと潜れ、ヴァレリウス！)

ふいに——

圧倒的な、冷静な思念がヴァレリウスの脳を打った！

(え……)

(もっと深く！　息の続くかぎり、潜れ！　湖底に潜るんだ！)

(え……)

ヴァレリウスは、瞬間、仰天して、あわやすべての術をといてしまいそうになった。

それは、思いもよらぬ心話だった。

(潜れ——湖底まで全部潜れ！　思い出せ、思い出すんだ。ア、、、、、アエリウスだ、ア、、、、アエリウスの神話を思い出すんだ！)

# 4

ヴァレリウスの脳のなかに、すさまじい勢いで、ありったけの火花がつきぬけていった——

(アー——エリウス……?)

彼はもはや湖の底にいた。まわりは真っ暗で——それは湖水のなかだからというだけではなく、まわりじゅうが水妖におおいつくされている感じだった。魔道師であるから、水中でも呼吸できる術を用いていたが、でなければ、普通の水に溺れるのとさえ異なる、恐しい窒息感にのたうってしまうところだっただろう。

(アエリウス……のたくる水に気をつけろ……)

ふいに——

ヴァレリウスのからだは、おのれ自身もほとんど気づかぬような、無意識の動きで、さらに深く湖水の底に潜り込んでいった。

もう、かれは、イーラ湖の最も深い底にはりつく、一尾の魚でしかなかった。かれのまわりにぶくぶくと泡がたち、黒い怪物のからだが視界をさえぎっている。魔道の視力をおのれの目にあたえて見ると、怪物の胴体が、ずっとひろがりながら、ぺらぺらと一枚のおそろしく巨大な布のように湖底によこたわっているのが見える。

(そうか！)

いきなり、ヴァレリウスは叫んだ——むろん、水中でもあれば、このさいでもある。叫んだのは、むろん心話であったが、それとてもどこにも届きはしなかっただろう。が、ヴァレリウスはそんなことも気づきさえしなかった。

(そうだったのか！　アエリウス——わかった！)

ヴァレリウスは、やにわに、そのからだをそのまま湖底深く、怪物の真下にもぐりこませた。そのまま、さいごの力をこめて、鬼火を呼出し、怪物の下を照し出した。思ったとおりだった——怪物は、ひらひらと本当の湖底の何タールか上にひろがっており、それはおそろしく広くはあったけれども、その下には続いてはいなかった。ヴァレリウスは、すばやく両手を結び合わせて熱線をくりだし、怪物をまっぷたつに切り裂いていった——下から、容赦なく、どんどん切り裂いてゆく。怪物が、彼のすることを苦痛と感じないがゆえに気にもとめないことはさきほどでわかっていた。一気に水中をつきすすみながら彼はさいごの力をふりしぼって熱線で怪物を切り開いた。同時に、必死に心話を船上に送り込もうとつとめた。膨大な水は魔道師の心話をさまたげる。圧倒的な水の量が、重さとなってヴァレリウスにのしかかって来、心話はもろくも途中で果てた。ヴァレリウスはうめき、さらに切り裂いた怪物を、下から熱線で切りさいなみながらなんとか浮上しようと焦った。しだいに、いかな魔

道師の水中呼吸の術をもってしても呼吸が苦しく切迫しはじめてきている。ヴァレリウスは念をこらし、ルーンをとなえ、とぼしい呼吸を長続きさせようと焦った。それもまた、魔道師の修行の基礎のひとつとして、水のなかに放り込まれて覚えさせられたのだったな――そんなかすかな、およそ関係もないような思念が頭をかすめる。かなり浮上したかと、また心話を送り出してみたが、こんどはかすかに返答らしいものがあったような気がしたが、まだちゃんとはかえってこないようだった。

(く……)

ヴァレリウスは、しだいにあえぎはじめた。肺が呼吸を求めて苦しくあえぎ、たとえ魔道師だとて、この身はまだ生身の人間なのだと狂おしく主張していた。ヴァレリウスは酸素不足にがんがんと割れそうに鳴り始めた頭をかかえて、夢中で浮上し、心話を送り込み、滅茶苦茶に熱線をはなち――だが、だんだん、意識がうすれてゆくのを感じていた。

(駄目だ……)

そう、本気で、ここまで思ったのは、本当はこれが生まれてはじめてだったかもしれぬ。

ヴァレリウスは、さいごのありったけの力をふりしぼって、怪物の内部に、熱線のすべてを送り込んだ。圧倒的な水の力の前に、いまや、怪物への恐怖も攻撃もけしとんでいた。求めるものはただ、わずかばかりの肺への空気、たったそれだけだった。おのれを守ってくれている魔道の力がとけてゆき、さいごの《気》が抜けてゆくのをヴァレリウスはかすかに感じた。ふいに口と鼻に冷たい水が流れ込んできて、がぶりと彼は水を飲んだ。これまで、まったく入ってこなかったその水が流れ込んできたということは、魔道の、水中呼吸の術がほどけた、もう維持できないということだった。すべての——本当にこれですべてのさいごのさいごまでの力を使いはたしたのだ。

（これで……）

（これでさいご……か……）

送り出した心話が届いていれば——

そうすれば、あるいは……

ヴァレリウスは、苦しくまたがぶりと水をのみ、狂ったようにもがいた。目の前が黒一色におおいつくされ、それからふいに水色の明るいひろがりがおおいつくしてきた。だがそれがどうしてなのかももうわからなかった。

（ナ……）

ヴァレリウスのからだから、力がぬけた。

黒い小さな不吉なエイのように、ひらひらと、ヴァレリウスのからだが水中でのめった。そのまま、彼の意識はうすれ、遠のいていった。

ここで死ぬのか……かすかな意識がさいごにひらめいたが、もう、ヴァレリウスには、何もわからなかった。

＊

「ヴァレリウス——ヴァレリウス！」

「ヴァレリウスさま！」

「ヴァレリウスさま、しっかりして！」

誰かが、激しく、彼の名を呼び続けていた。

ヴァレリウスは呻いた。覚醒は苦しく、口からごぼっと水があふれ出るたびに、彼のからだは魚のようにのたうった。誰かが腹の上に乗って、彼の胸と腹を押している。そのたびに、口から、ごぼごぼと水が吐き出される。

「気がついたぞ！」

「すみません、この丸薬を入れてやって下さい。口をあけさせて……その、舌の下に……」

さらに、ぐいぐいと腹をおされて、ヴァレリウスは抗議しようとした。

「やめてくれ」

そういったつもりだった。

「そんなに押されたら……はらわたまで飛出してしまうじゃないか……」

だが、それはまったく声になっていなかったのに違いない。

ごぼっと、さいごの水を吐いて、彼は、いまだ逃れ去るわけにはゆかなかった辛い浮世に舞戻った。

「あ……っ……」

「おおッ！　目をあいたぞ！」

彼のからだは、もう、ひっきりなしの波にゆられてはいなかった。あまりに長いこと船に乗っていたり、波にゆられていると、陸にあがったあとまでも、からだが波にゆられている感覚がしみこんでしまって消えない。その感触は残っていたけれども、しかし、もう、ここが揺れない大地の上であることは、なんとなく感じられた。ヴァレリウスはうめき、そして、かすかにまばたきをした。苦しかった。

「ちょっとだけ、我慢しろ、ヴァレリウス。すぐ、霊薬がきいてくる」

ロルカの声——心話ではなく、声だった。ヴァレリウスは、ごほごほとせきこんだ。胸がつぶれてしまったような感じがする。

「ほらみろ。あんまり押すから、肺がつぶれてしまった」

そう、抗議しようとして、ヴァレリウスはまたせきこんだ。誰かが両脇から彼をおさえた。

「まだ、口をきくな。ずいぶん水を飲んでいるんだ——もうちょっと、休んでいろ」

「休んでですと」

彼はげんなりして口答えした。こんどははっきりとしゃべることができた。

「冗談ではないですよ。私には休んでいる暇なんかないんです。私がのんびりしていたら、何もかもうっちゃられたままになってしまうんですからね……何ですか。いったいこんどは何をしようっていうんです。やめて、やめて下さい、痛い、痛いから」

「だいぶ意識がはっきりしてきたな」

彼をかかえおこして、背中のほうから、ぐいと手をあてがっていたのはディランだった。

また、ヴァレリウスの口からごぼっと水があふれ出、しかしそれでうそのように楽になった。

「どうやら、薬がきいてきたようです。もうご心配はいりません。——命冥加なやつだ、ヴァレリウス」

「ヴァレリウス。ヴァレリウス、しっかりしろ」

ヴァレリウスは、また目をひらいた。こんどこそ、おのれが地上に戻ってきたことが感じられた。

「耳に水が入っちまった」

彼はぼやいた。

「これじゃ脳が水びたしになっちまう。使いものにならなくなったらどうしてくれるんだ。替えはないんだぞ。それに、水洗いしたところでいまさら俺の根性が洗い直せるってもんじゃないんだ」

「この男は、いったい何をぶつぶついっているんだろう?」

意外そうな声がした。どうやら、サラミス公ボースあたりの声であるらしかった。

「もしかして、何かの衝撃で、頭をやられてしまったんだろうか? だったら大変だ」

「ご心配はいりません、ルナン閣下」

ディランの声がしたので、ヴァレリウスはそれが思ったようにボースではなく、ルナンだったのかとわかった。

(ということは……ここはもう対岸のダーナムということだな……無事にルナン隊と合流で

きたということか……)

「この男はもともと、へらず口ばかりたたく奴なのでございまして……ナリスさまが宰相に任命なされて、多少は大人しくなったようにみえましたが、そのような本性というものはなかなか、矯められるものではございませんで……」

「それはひどい」

ヴァレリウスはようやく、かなり自由に口がきけるようになってきて、抗議した。目を見ひらくとまだ、まわりがいきなり真っ白い光につつまれてでもいるかのように、くらくらとした。

「だから、まだ、休んでいろというのに。だが、よくやった。みごとだったぞ、ヴァレリウス」

「ヴァレリウスのおかげだ。何もかも」

「本当に……九死に一生を得たとはこのことです」

口々に声があびせかけられる。ヴァレリウスはむせた。

「どうなったんです。あのぞべらぞべらした怪物野郎は」

「ふっとんだ」

ロルカが満足そうにいった。

「もう、タラに残っていた部隊にもただちに伝令をとばしてこちらにむかわせている。あと一日か二日のうちには合流できるだろう。とりあえず後発隊の最初の部分はそろそろつく予定だし、ダーナムはナリス陛下にお味方するとはっきり表明している。まずは、よほど突然の奇襲をかけられぬかぎりは大丈夫だろう」

「ふっとんだ……ほほう、それはそれは」

ヴァレリウスはかなり頭がはっきりしてきて身をおこした。

彼が寝かされていたのは、見覚えのない、あずまやのような感じの建物のなかだった。床に布をしいてじかに寝かされていたのだ。まわりに、ルナンも、ヨナも、魔道師たちも、諸将もみなそろっていた。カイがヨナのうしろにひっそりとひかえている。

「ここは?」

「ダーナムにほど近い、湖畔のロバンの村の……船つき場に一番近い魚の荷揚場のなかだ」

ロルカが答えた。

「タラとの渡し船の発着場をもかねているそうだ。……ともかくまず、ぬしを手当しなくてはならなかったので」

「私は、死んだかと思った」

「われわれもみなそう思った。すべてが終わって怪物がふっとんでからも、ヴァレリウスが浮いてきたのはかなりあとだったからな。——もう駄目かと誰もが思って真っ青になっていた——浮いてきたのを発見してただちにひきあげたときにも、もう、これは息たえてしまっただろうと……うつぶせに浮いていたし、もう、これだけ長いこと水中で溺れていればと」

「しかしみごと、こうして息をふきかえした。さすがに魔道師だな、ヴァレリウスどの」

ボースが感心したようにいう。

「もともと魔道師は、水中呼吸の術をも体得するため、きびしい修行をいたしますが――これだけ長時間だと、かなりそれが得意なものであっても生き残るのは厳しくなりましょう。――運がよかったか、それとも……」

「なんだか、夢のなかで、誰かが息を一回ふきこんでくれたような気がしますけれど、あれは夢だったのでしょうかね。そのおかげでたぶん、さいごまでもったのだと思うんですが」

ヴァレリウスは首をふりながらいった。

「おおっ。まだ耳から水が出てくる」

「いったい、それに、どうやってあのおそろしい怪物を退治したものか……まったく見当もつかない。いきなり、怪物が水中から飛上がり、まるでふきとばされたようにふたつにわかれて舞上がったときには、これからいよいよ船めがけておそいかかってくるところかとばかり思った――これでもう終りだと。そうしたら、そうではなかった」

ボースが興奮しながらいった。

「きゃつは、すっかりやられていて、そのまま、水の上におちてひろがってしまった。かなり弱っていて……そこを、ロルカどのも出てきて、魔道師たちが全員でいっせいに……あれはなんというのだ？　あの青白い火を投込んだら、きゃつはついに黒焦げになって燃えつき、湖に沈んでしまった。助かったのだと、しばらく信じられなくて、私はローリウスどのと手をとりあったまま茫然としていたよ。それから大歓声がわきおこった――『ヴァレリウス！

ヴァレリウス！』と……だが、おぬしは浮いてこなくて……これは、健気にもその身とひきかえにあの恐しい怪物を倒してくれたのだろうかと、思わず我々は涙していたのだが……」

「そこに、浮かんできたのです。黒いマントだったので、きゃつの一部かと最初は――あわや見誤るところだった」

ディランが苦笑した。

「魔道師のマントもこうなると考えものです。――フードがとれていたので、髪の毛の色ではじめてそれとわかりました」

「いったい、どうやって、倒したんだ、きゃつを」

ボースが熱心にいった。ボースはサラミス公として、ずっとサラミス地方にとどまっていてめったにクリスタルにも出てこぬため、面識がないわけはむろんないにせよヴァレリウスとはあまり馴染みがなく、それほど親しみをもっているようではなかったのだが、このたたかいで、一挙にヴァレリウスに対する信頼感と、そして親しみとを抱いたようで、その問いかける声は、ひどく驚異と尊敬にみちていた。

「いったいどうやって、あんなおそろしい奴を倒すことができたんだ？　素晴しい魔道師だ！」

「とんでもない。まあそうおっしゃられるのも無理はないですが」

ヴァレリウスはニヤニヤと笑った。ようやく、長いあいだ影をひそめていた彼らしさが、戻ってくるかのようであった。

「私の力だけじゃないんです。じっさい——それに、あやつは、ごたいそうに見えますけれども、実のところ、それこそこの湖の底の藻が黒魔道で生命をもつようになったのと同じようなものだといっていいくらい、下等で単純な生命体だったのですよ。あれだけ力があって巨大だと、なかなかそうは思えませんけれどもね。——私も最初のうちは、ごまかされてすごい力をもった異次元からの怪物を送り込んでこられたのだろうと信じていたのですけれども、熱線で切込んでみたところ、いくら切り裂いてもいっこうにこたえたようすがないので……最初はこれはますます強大なやつかと思ったのですがどうもそうではなく……逆に、非常に原始的なので、あまりに原始的すぎて痛みも感じないようなやつだとわかったのです」

「おい、ヴァレリウス。大丈夫か、そんなにしゃべって」

「大丈夫です。もう、なんともないですよ」

ヴァレリウスはいった。

「でも、できたら一杯だけ何か飲み物を頂戴できれば……湖の水は願い下げです。できれば魔道師の飲み物がいいのですが」

「ちょっとしかないが、これで我慢して下さい」

ギールが、おのれの持っていた小さな筒をさしだした。ヴァレリウスはそれをうけとってありがたく飲んだ。

「ああ、生き返るな。……で、最初は、いくら切っても切ってもいっこうにこたえないし、どうしようと思って——水中に隠れている部分に本体というか、切ったらいかなきゃつでもこたえる部分があるのじゃないかと思って、潜ってみたのですがね。そしたら……どこまでいってもずるずると、おそろしく大きな海藻みたいに湖底のほうへひろがっているばかりで、これは、さては湖底の土のなかから出てきたかなとあたりをつけてみたのですが、そうではなかった」

（アエリウスだ、ヴァレリウス！　アエリウスの神話を思い出せ！）

その心話を、ヴァレリウスは思い出した。が、それについては何も云わなかった。

「あやつは、実は、湖底のちょっと上で、こうぺらーっと、黒い大きな紙みたいにひろがっているだけのへんてこな原始的な生物だったんですよ。あまりに原始的なんで動物というよりは植物といったほうがいいくらいな……それでも、ああやって上に出てきて、またもぐっていっただけで船をひっくりかえしてしまうだけの力があるんですから、脅威であるには何のかわりもないが。でも、どうもこいつはおそろしく巨大化した水草のようなもの、というより海藻のほうに近い感じでしたが、そんなやつだなと思ったので、まんなかで切り裂いてふたつにしてやって――そのままやると、万一のとき、上にきゃつがまっすぐふっとんでいって、御座船をふっとばすといけないと思ったもので……で、切り口のところに、熱線を思い切り送り込んでやったんです。――植物なら、なんというか……空気が入ればふくらむだろうと思って。そしたら案の定、ふくらんできたので、どんどん熱線を送り込んでやったら、ふくれあがって上にふっとんでしまったんです」

「植物だと。植物にしてはあまりにもしかし……」

「むろん、ただの、中原でいうような意味の植物ではなく……あるいはノスフェラスあたりから連れてきたやつかもしれないし、キタイといったってキタイも人間の世界には違いないのですから、やはりヤンダルの呪術で呼出されてきた違う世界の怪物と思うのが一番妥当でしょう。しかし、そんなややこしいやつではなくて、あれはただ、たぶん、おそろしく原始的なやつなんです。だからきっと連れてこられるのでしょうね。……あの竜騎兵といい、ヤンダルの術というのもだんだん底が見えてきたというか、当人が見せようとしているほど、われわれの魔道と極端に力がかけはなれたものじゃない。確かにすごい力はあるが、それよりも、なんというか……見せ方がうまいんだということがだんだんわかってきましたよ。なんとなく、もしかして、あの竜頭というのも、なんかの術であって、意外となかみは――」

ヴァレリウスは考えこみながら口をつぐんだ。ややあって続ける。

「いや、まあ、だからって危険なことには何のかわりもないんですから……ただ、最初にきゃつが思わせようとしていたほど、絶対にわれわれが手も足もでないような、圧倒的に力の差のある異世界からの超人、神にひとしい力をもつ怪物なんかではないのです。むしろきゃつは、かつてないくらい大きな力をもった――われわれパロ魔道師ギルドがはじめて見るほど巨大なエネルギーと力をもち、非常に我々が馴れぬ珍しい魔道の体系を習得した偉大な黒魔道師、として、正式に認識したほうが、これからの戦いのためにもいいと思います」

「それについては、またカロン大導師も含めて、あらためて検討しなくてはならないが……」

ロルカがうなづいた。

「私が一番心配していたのは……あれが全部結局攪乱というか、われわれの注意をあの怪物めに全部むけて、そしてそのあいだにナリスさまをひきさらってゆくという、いちばん考えうる作戦であるはずだということだったのですが……」

「まさしくそのとおりだった」

にがい顔をしてロルカがいった。

「きゃつは船室にあらわれたのだ。だが——下級魔道師が二人一瞬にして溶け去り、あいにくディランたちは水妖のほうに注意をうばわれ、私ひとりでどうにもならず、あわやというときに——イェライシャ老師がお力を貸して下さり、結界を強化して下さったので……」

「おお」

ヴァレリウスはうめくようにいった。ほかのことばは出てこないくらい、深い安堵が襲ってきた。

「おお。それでは……」

「そう、老師のおかげで、陛下はご無事だ。そして、おぬしのおかげで、船は怪物から無事にのがれて岸に到着することができた。——このようすはロバンの村からはみることができたので、ロバンの連中はすっかり仰天し、そして、あらためて、我々の主張していたことが正しいのかという認識を強めてくれて——ロバンの村のものたちのほうからダーナム市長にも口ぞえをしてくれたので、ダーナムは喜んでわれわれを受入れてくれることになったわけだ」

「なるほど」

ヴァレリウスはほうっと深い息をついた。

「とにかく、いってみれば、きゃつはただの、動き出したおそろしくでかい藻にすぎなかったんですけれどね。――何にせよしかし、あれだけでかければ、充分に脅威たりえますね。……もしかしたら、あいつは、それこそただの藻みたいなやつを、ヤンダルの魔道で極限まで巨大化させられたものかもしれない。あれやこれや、小癪な手妻を使ってくれますね！――だが、もう大丈夫だ。一番心配していたところはもうこれで切り抜けたんです。あとは、ただ、マルガについて――あとはカレニアにつくだけですよ。……もしマルガでもうちょっと兵をあつめられたら、アル・ジェニウスには、カレニアまで待たず、マルガでお目ざめいただいてもいい。なんといってもそれは、馴染んだ場所のほうがおからだにはやさしいでしょうし、マルガなら、カレニアからはごく近いですしね。ああ――やれやれ！　ともかく、ダーナムについたんですね、じっさいにはロバンですが。これであとは、兵が追い付いてくればいうことなしですよ。命冥加な……ほんとに、命冥加なのは私だけじゃない。ここにいるもの全員です」

# 第四話　復活の日

# 1

ロバンから、ダーナムまでは、ウマでほんの半ザンばかりの距離だった。その意味では、ロバンはダーナムの近郊の村というよりは、ダーナム市の港の延長といったほうがいいくらいな場所にあったのだ。

一行はさっそく湖畔のロバンからダーナムにひきうつり、ダーナムの市長と、三百名ばかりのダーナム駐屯軍に熱狂的に迎えられた。それはじっさい、なによりもかれらにとってはほっとするできごとだった——かれらは、ダーナムについたはよいものの、そこで国王軍のまちぶせをくらうのではないか、あるいはダーナム市そのものが、受入れるとみせかけてかれらを裏切り、国王軍にひきわたす手引きをしはせぬかと、それを何よりもおそれていたのだからだ。

かれらは、あちこちに兵力を分散してしまったし、もともとが国王軍にくらべればはるかに小兵だったので、もしもいま、万の単位の国王軍の主力におそいかかられたら、いかな勇猛なカレニア軍といえどもどうすることもできなかっただろう。ことに、リーズに聖騎士団の大半をわたしてタラへの奇襲を警戒させるために残しておいたのはいたでであった。もっともそのリーズももう、勇躍湖を大回りしてこちらにむかっている。

サラミス軍も、アラインにおいてあった残りの兵を、ダーナムへ進発させたので、それがダーナムにつけばあるていどの人数にはなるはずだった。そうすれば、なんとかカレニア到着まではもつだろう。

いま、ヴァレリウスたちがもっともおそれているのは、息子アドリアンを宮廷に人質にとられているカラヴィア公アドロンが、息子可愛さに、国王軍につき、クリスタルをめざして先発していた公弟アルランひきいるカラヴィア騎士団二万五千とおのれのひきいる一万をあわせてナリス軍の敵にまわることであった。三万五千のきわめて剽悍なカラヴィア騎士団を相手にまわしたら、現在のナリス軍の陣容では、とてもふせぎきれない。

なんとかナリス軍に勝ち目があるとすれば、カレニアをねじろとして籠城のかまえをとったときだけだろうが、それも、長期になればこんどはカレニア全体をともにほろびにひきずりこんでしまうおそれもある。

いずれにせよ、カラヴィア公とその軍隊の帰趨がこの内乱の勝敗の帰結を握っている、という状況には何もかわりがないままだったが、そのカラヴィア公軍は、魔道師の斥候部隊からの連絡によれば、アラインをぬけ、クリスタルの南側近郊の町、ムシュクでしばし駐屯のかまえを見せたまま、まったく動いていないらしい。当然国王側からも、カラヴィア公にたいして、参戦せよ、という強いアプローチがないはずはなく、その命令にカラヴィア公が従っていないとすれば、それは公の気持がナリス側の主張にかたむいている、証拠とみなしてもよいかもしれなかった。

が、また同時に、カラヴィア公にとっては最大の弱点である、公子アドリアンの幽閉禁足という事実がある。

（だがそれも——アドリアン子爵の解放、返還を要求しカラヴィア公が国王に叛旗をひるがえすか、それとも国王からの、味方として参戦すれば子爵を釈放しようという脅迫ないし取引に屈するかどうかそれはふたつにひとつのかねあい……）

いずれにせよ、国王がたの圧倒的な有利は、ナリスのクリスタル脱出と、そしてカレニア入りによってあるていどそこなわれると思ってよい。人数的には確かにまだはるかに国王軍のほうが多いが、しかしそのなかには、国王軍側にいはしてもおのれの兵は動かさぬと言明しているダルカンなどの聖騎士侯もいるし、またマール公騎士団など、本来はナリス軍につくことを明らかにしているが、クリスタルにあっておさえられているため、動けないでいる、敵中の味方もいる。そう考えると、いま現在となっては、国王軍のほうがナリス軍よりも圧倒的な大軍だというわけではない。

だがそこに、カラヴィア軍がどちらにつくかで一気にすべてはかわる。いや、以前よりも、さらにカラヴィア軍の帰趨のしめる役割が大きくなるだろう。

（カレニアにこちらが落着いて——ナリスさまが聖王の宣言を正式になさり、ふたつのパロが正式におおやけになり……ナリスさまがやはり生存していたと国王側が確信すると同時に――ただちにはじまるのは、カラヴィア軍の奪い合い、そして……）

そして、諸外国の援軍の奪い合いだろう。こうなってみると、キタイはあまりに遠い。キタイから、援軍をつれてくるのは、あまりにもあいだにノスフェラスあり、ヤンダル・ゾッグといえども時間と手間がかかりすぎるはずだ。魔道だけならば、以前ならヤンダルがむろん圧倒できただろう。だが、いまはこちらにもイェライシャがついている。

（いずれにせよ、これからだ……すべてが本当にはじまるのは）

まだ、気をゆるしてはならぬ、ちょっとでも安心してはならぬ――ヴァレリウスはダーナムで落着いた参謀本部のうしろにあてがわれた、おのれの部屋で、ようやく多少の休息をとったが、そのあいだも、頭のなかみはフル回転しつづけていた。いっそ、このまま起き出してヨナたちと軍議をしていたほうがやすまるくらいだ。

湖での、水妖との死闘のおかげで、かなりからだは本当のところ弱りはてていたが、そのからだをいたわってやるひまもなかった。また、そうしていてはとても落着かないのも、ヴァレリウスの性格の因果なところだ。ヨナとともに、馬車でダーナムへくるあいだだけ、失礼して馬車の座席でぐったりとよこたわって、力を回復するようつとめていたが、そのあいだもなにかとヨナにこれからの作戦について話し掛けてしまわずにはいられなくて、ヨナに「ちょっとはおやすみにならなくては」と苦笑されるくらいだった。ようやくダーナムに落着いて、市長たちの歓迎をうけてもまだ、どこにもヤンダル・ゾッグの魔手がしのびこんでいないか、《魔の胞子》の萌芽がかくされてはいないかとよくよく調べる任務がのこっていたし、ダーナムでの兵の配置、軍のわけかた、宿泊のさせかたなど、ここで万一にも奇襲をかけられたらと案ずるだけに、人手にまかせるわけにもゆかなかった。それでもとにかくようよう、しなくてはならぬことをすべてなんとかすませたと確信できたヴァレリウスは、あらためて、やすむ前にナリスのようすを見舞にいった。本当はそれが一番心配だったのだ。

船では水妖の襲撃にもあい、かなりの動揺があったはずだ。なるべく、仮死状態のあいだには大きな動揺をあたえないように、とイェライシャからも注意されている。せっかくよみがえったときに、もう意識がもとの状態にもどらぬようなことになれば、これほどのすべての苦労はみな水泡に帰する。

「あ、ヴァレリウスさま」

「ナリスさまはどうだ？　お加減――いや、ごようすは……」

「はい、いまのところは、何も……」

ずっとナリスのそばをはなれないカイもまた、いや、カイこそ、その不安――本当によみがえるのだろうか、という強烈な不安に誰よりも必死に耐え続けているのだろう。このところ、カイもげっそりと痩せて、もともとかぼそいカイのようすも憔悴がめだつ。

棺のなかは依然としてしずかであった。それだけがヴァレリウスを少しほっとさせた。

（じっさい――なんというめまぐるしい、あわただしい日々だろう……）

マルガにつき、カレニアに到着して、いつもいつもこうして気を張っていなくても、ちょっとは安心していていい、ということになったら、どっと病みついてしまうのではないか、という気さえする。いったいいつから自分がまともにちゃんと眠ったこともないような生活を続けてきたのか、もうほとんど記憶にもないし、思い出したくもないくらいだ。

（マルガでナリスさまと謀反の計画を練って、それから……クリスタルへ強引に戻る策略をめぐらして……スカールさまとの密談があり、いや、その前にあのいまいましいゴーラの悪魔との密談があって……）

考えてみればそれほどの時間がたっているわけでもないのだが、イシュトヴァーンがマルガを訪れて、湖上の小島で密談したときのことなど、いまのヴァレリウスには、それこそ、十年もむかしの出来事のようにさえ思われた。

（そうだ、そしてクリスタルに策略づくで戻り、それからまた謀反の旗揚げがあり……ナリスさまのカリナエ脱出があり……ランズベール城へのご籠城と、ランズベール脱出と……）

そのあたりはだが、途中からは、ヴァレリウスはヤンダル・ゾッグの虜囚となり、また、いまいましくもグラチウスによって救い出され、さらにその恩義のために大導師アグリッパを探しにゆく、という大冒険を経なくてはならず――ナリスのかたわらでずっとすべての運命をともにしていた、とはいいがたい。

そして、ようやく、ジェニュアを脱出したナリスのもとに合流するを得て、今回の大作戦となったのだが――

（なんだか、この数ヵ月で、俺は……もう、五十年分くらい生きてしまったような気がするな……)

奇妙な思いが胸をかすめる。フードをもちあげたら、髪の毛が真っ白になってしまっていはせぬか、というような思いだ。ヴァレリウスは、そっと眠るナリスに一礼してから、その室を出た。どうしても、何回みても、そうやって仮死状態でいるあるじに馴れることができぬ。それをみていると、(本当によみがえるのだろうか、それとも……)というあの疑惑で、胸が苦しくなり、絶叫したくなってくる。そのまま、極力動揺をあたえぬように、ときびしくいわれているにもかかわらず、とびついて、激しくゆさぶってしまいそうだ。

(ナリスさまと、話がしたい。——おことばをかわし、そのお声をきき——ともにあれやこれやと思い悩んだり……ナリスさまのあの時に不埒ないいぐさにむっとしたり、腹をたてさせられたり、なんとしょうのないやつだと思わされたりしたい……)

ヴァレリウスは、不安を懸命におししずめながら、自室にあてられた小部屋に戻ってゆこうとしたが、ふと気をかえて、奥庭に出ていった。

朝一番にタラから渡岸をはじめて、あの騒動があり、そしてダーナムについてさまざまな雑用におわれていて——

気がつけば、また、深更になっている。途中であの湖上の大格闘で意識を失っていたせいか、なんだか、日付の概念も時間の概念もおかしくなってしまっているようだ。だが、からだのほうは、魔道師の丸薬や、霊酒でもたせてはいるものの、そろそろ、本当にちょっとでも休息をとらねばどうにもならなくなっている。だが、ちょっと、外の空気が吸いたかった。

ダーナムはこれといって特徴もない、ごく平凡な小さないかにもパロらしい田舎都市にすぎない。石づくりの屋根のひくい二階建て、三階建ての建物がならび、まんなかにちょっとだけ目抜き通りがあるが、クリスタルの繁栄とくらべたら、それこそ、町はずれのちっぽけな村のようなものだ。それでも、そのなかで一番立派な市長の家や市庁、ギルド会館など、めぼしい建物をすべて放出して、ナリス軍の駐屯に協力してくれている。本部がおかれているのは市庁とそのうしろの、ダーナム駐屯騎士団の駐屯所であった。

(ああ……つかれた。なんだかからだじゅうが痛いな)

ヴァレリウスは、手をまわして、自分のうしろ首と肩をもみながら、珍しく弱音を吐いたが、次の瞬間、きっとなった。

目のまえの闇が濃くなり、影がぬっとゆらめいて立上がったかと思うと、空中にもうすっかり見慣れてしまった顔――しわぶかい、〈闇の司祭〉の生首があらわれた。今度は自分で出てきたらしい。しかも首だけだ。

「ご老体」

ヴァレリウスはうんざりしたのを隠そうともせずに叫んだ。

「もう、出てこないといったじゃないですか。こんど会うとすればカレニアだって。どうしてそう、私につきまとうんです」

「ご挨拶じゃの」

グラチウスは何もこたえたようすもなく、口をすぼめてヒョヒョヒョヒョヒョ、と笑った。ヴアレリウスはその顔をにくらしそうににらみつけた。

「ああ、ああ、わかってますよ。あなたのような黒魔道師はいつだって、貸した金のとりたてにだけはそりゃあ熱心なんだ。あなたが何をしにまいもどってきたのかはよくわかってますとも。そういうすきをあたえてしまった自分が悔しいですよ」

「まあ、そういい給うな、サラエムの若者よ」

〈闇の司祭〉は気取った言い方でいった。そして、ぬーっとユリウスみたいに首のまま上のほうへのびあがった。

「わしゃ、何も、ただちにお前さんから借りをとりたてよう、などと姑息なことはいわないよ。なんでそういきなりかみつく。――わしは、けっこう、お前が気にいっとるのだよ。からかうあいてとしてはかっこうだ。だから、貸しがあるのはもっけの幸い、それに水をやって大きく立派に育ててから刈り取ろうと思うから、そのまま放っておくことだってあるさね」

「ああ、もう」

ヴァレリウスは怒った。

「せっかく、大導師アグリッパのところへお使いをしてあげて、クリスタル・パレスから脱出させてもらった借りを返したと思ってすっきりしていたのに。またまた、頼みもしない借りを作らされるなんて。よけいなことをしてくれなくても、あのくらい、もうちょっと時間がありさえすれば、自分でわかりましたよ、自分でね」

「そ、う、かな」

意味ありげにグラチウスがいった。そして、また口をすぼめて、ヒョヒョヒョヒョヒョ、と笑った。

「アエリウスに気をつけろ。——何も、そんなもの、ひきあいに出されなくたって。——だが、まあ、そのあとで、私の息を続けてくれたことについては礼をいわざるをえない。だがなんだってまた、舞戻ってきたんです？　もう、私のことは放っておいて、別方面にかかるんではなかったんですか？」

「事情が変ったんじゃよ」

グラチウスは平然としてほざいた。

「アエリウスのことは、まことに当を得た忠告じゃったろ。その前にもちゃんというてやった、い、い、の、た、く、る、水、に、気、を、つ、け、ろ、とね。わしゃ、なんて親切なんだろう。どうしてこんな親切な人間をみな、黒魔道師だの〈闇の司祭〉だのとおそれるんだろうな」

「アエリウスのことくらい知っていましたとも。私だって吟遊詩人の歌くらいいききにゆくんだ」

ヴァレリウスは不平がましくいった。

「アエリウスは、魔の海トゥーゴルコルスを旅した伝説の冒険家の偉大な船乗りで……あわやこの世のはてのカリンクトゥムで流れおちている火の川にまきこまれかけたり、死の国、ドールニアとの境界となる、死の湖タウエラ湖を発見したりしたが——そのもっとも偉大な冒険のひとつとして吟遊詩人がうたうのは、いつも、トゥーゴラスの死海で、生命ある藻におそわれたときの機知あふれる脱出劇だ。それが一番有名で……たしか、生命ある藻が切っても切ってもおそいかかってくるのを、火をつけて焼き払って船と、そしてまぼろしの姫君、イレーニア姫を救出に成功するんです。知ってますよ……それに、アエリウスのことなんか、あなたにいわれなくたって、思い出せたんだ……が、まあ、それで助かったことは、認めないわけにはゆかないけど」

不承不承ヴァレリウスはいった。だが、いそいで、指をヤヌスの誓約のかたちに組んでつけくわえた。

「だが、借りは借りだが、その代償としてあなたのいうとおりにするだろう、といったわけじゃありませんからね。だいたい、あのパレスを脱出したときだってそうだが、あなたは、さきに恩を売っておいてから、べらぼうに高い代金をとりたてにかかる。だから、黒魔道師はあこぎだといわれるんですよ。ちょっとは、無償の救済ということも覚えて下さい」

「随分だな、これは。高い代金をとりたてる——だが、生命よりも高い代金など、ありはしないじゃないかね？」

けけけけけ、とグラチウスは笑った。

「だから、いまはそのとりたては勘弁しておいてやるといっておろうが。わしにゃ、ちょっともっともっと、お前さんをからかうより面白いことができたんだよ」

「なんです、それは」

「教えてやるものかね。あかんべえ」

　グラチウスは剽軽にもいった。そして、おそろしく長い舌を長々とのばしてひらひらさせた。ヴァレリウスは溜息をついた。

「これが、八百年も生きてきた、地上三大魔道師のひとりとよばれるおそろしい力を持った黒魔道師かと思うと……ユリウスのやかましいのは、まったくあなたに似たんですね、ご老体。……稚気愛すべしという段階はもうとっくにこえている気がするな。八百年も生きると、能力はともかく、頭のなかみは子供にかえってしまうんですかねえ？——はいはい、教えたくなければ、教えないでも結構ですから、ここからとっととその興味のあるほうへ消えて下さいよ。私はもう寝るんです。大体、ダーナムに入って、範囲が広くなって結界を全体に張りにくくなったからってこうも簡単に侵入されるようじゃ……」

「そのへんのお雇い魔道師どもの結界でわしがふせげると思うでない」

　グラチウスは自慢そうにいった。

「だがとにかく、貸しは貸しだよ。ことに魔道師にとってはな、そうだろう。それだけは覚えておいてもらわんことにゃ」

「わかってますって」

　ヴァレリウスは溜息をついた。

「しかし、確かにその忠告が役にたたなかったとはいいませんが……とにかく問題は、あなたのそのご助力には、そのアエリウスを思い出させてくれたこともそうだし、スカール殿下

を病から救ったこともそうだし、私をパレスから脱出させたこともそうだし、また水中で窒息しかけてた私を助けてくれたこともそうですが、すべてにあまりに下心がみえすぎてる、ということですよ。そうでなけりゃ、素晴しい人格者、英雄としてあがめられるだろうに。……でもとにかく、いずれ借りはおかえししますよ。借りは、借りですからね。くそ」

「そう、借りは、借りさな、ほほほほほほ」

グラチウスは気持ちよさそうに笑った。そのあやしい闇の瞳がたまらなく面白そうにまたたいた。ヴァレリウスはむっとしてくってかかった。

「私がもっとひとが悪くて、黒魔道師のような性格だったとしたらね——こうも、かんぐるところですよ。なんだか、いろいろなものごとがあまりにタイミングがよすぎたから、もしかして、あの怪物は、ヤンダルじゃなく、万一……」

「これこれこれ」

「ああいうのをけしかけて、ひとを窮地においこんでは救って、恩をきせてそれでひとを思いどおりに動かす、なんてまったく黒魔道師むきの手口というもので……何回かはたぶん、〈闇の司祭〉どのはそういう手口も使っておいでのはずだし——だとしたら、まさしく今回だって……」

「そりゃ、まさしく自分でいうとおりかんぐりすぎってもんじゃよ」

「私は、かんぐってる、ていってるだけで、かんぐりすぎだなんていってません。それにどうやら、ロルカがいってたからには、ヤンダルが出てきたのも本当は本当のようですからね。

――だけど、やけにあっさりひっこんだようだし、それに、そもそも、こうなってみるとヤンダルとあなたが結託してない、という証拠だってないんだ」

「これ、なんてことをいう。いくらなんでも、それは黒魔道師でもすまじきかんぐりすぎってものだよ。そんなわけがあるわけなかろう。わしは、やつのおかげでなく、キタイから撤退しなくてはならなかったんだからな。つねにわしこそは竜王めの最大の敵だよ。それだけは間違いない」

「と、いってるのはあなた本人だけじゃないですか」

ヴァレリウスは剽軽な生首をねめつけた。

「私はもうあなたに関するかぎり、何も信じないし、何も安心しませんよ。すべてをかんぐってやる。――そう、だって、あっちだって黒魔道師だ。白魔道師とより、はるかに、あなたたちどうしのほうが手を組みやすいんじゃないんですか。――ヤンダルはともかく、あなたのほうは、決して、もしあちらからそういう申入れをしてくるなら、やぶさかではないはずだ」

「かんぐりだよ。痛くもない腹のさぐりすぎだよ。ぬれぎぬだよ」

〈闇の司祭〉は楽しそうにいった。

「いよいよもって、ひとを信じるという美徳の美しさを貴君に教えて進ぜなくてはならぬようだ。これまでいつだって、わしはお前さんに親切だったじゃないかね。何ひとつ悪いことはしとらん」

「すべては古代機械と、私の美しいご主人様めあてでしょうが」

ヴァレリウスはかみついた。

「だまされるもんか。とにかく、あの怪物がヤンダルが異次元から呼出したものだという可能性と同じくらい、あなたが地の底から不埒な黒魔道で呼出した闇の生物だという可能性だって強いんだ」

「何をいう。あれはまぎれもなく、ヤンダルがわしの知らぬ世界から呼出した——たしかワンゴスとかいうごくごく下等なしろものだよ。ただひたすら、なんでも食って大きくなることしか知らぬヒルみたいなしろものであったはずだ。……といって、その世界とはどういうものか、わしもくわしく知ってるわけじゃないが」

「なんでもいいです。とにかく、もう、いくらつきまとったって無駄ですよ。いずれ借りは返しますが、決してこちらはあなたの力を借りて、おもやをとられるつもりはないんだから」

「イェライシャなんかより、わしのほうがずっとパロのためを思っているよ」

しゃあしゃあとして、グラチウスはいった。

「わしのほうが、ずっと、中原に対して愛情があるよ。——なにせ、自分のものにしたいと思うくらいだからな。自分のものにしたいほど、いとおしいと思っていればこそ、ひとのものになんかされるくらいなら、手をかしてやろうと思うんじゃないか？　どうして、ここのところがわからんかなァ」

「そんな詭弁に耳をかすもんですか。さあ、どこでもいいからお帰りなさい。ドールの暗い黄泉であろうと、あなたのねぐらであろうと。私は断固として、あなたと手を結ぶなどというばかな考えをしりぞけますからね。百パーセント、ありえないですよ、一から十まで」

「強情な」

グラチウスは雄弁な溜息をついた。そして、すいとちょっと近寄ってきた。ヴァレリウスは思わず、ルーンの印を結んだ。

が、グラチウスは、それ以上ヴァレリウスに何かする気はないようだった。

「まあいい。とにかくわしがお前さんを助けてやったんだよ。いのちも救ってやった。このことだけは、ちゃんと認めてもらうよ。おたがい魔道師だからね。……ヤンダル・ゾッグはいま、カレニア進軍の準備をすすめている。何かあればいつでも、喜んでもっとたくさん貸しを作ってやりにくるから、いつでも呼んでくれることだよ。イェライシャなんかより、わしのほうがずっと善良だよ、ある意味においては。なんといっても、わしほどおのれの欲望に忠実で正直なものはないからな。いつだって、欲望のほうが、正義だの、倫理なんていううそくさいものより、信ずるに足るんだよ。あんたも宰相になろうっていうんだったら、それだけはよく覚えておいたがいいよ。ひょっ、ひょっ、ひょ」

## 2

と、いうようなできごとが、誰にも知られずありはしたが——

しかし、おおむねダーナムの最初の一夜は何もなくすぎた。

そして、翌日のおそめに、ランとリーズにひきいられたクリスタル義勇軍と聖騎士団の残りの部隊も無事到着し、それで、クリスタルを脱出してきたナリス軍は一応全員が顔をそろえたのであった。湖上で船が一隻やられてそれにのっていたものは馬もろとも全滅し、また、アレスの丘でも、ルーナの森でも、戦闘のたびにかなりの犠牲者がどの隊にも出てはいたが、サラミス軍はまったく無傷であったし、また、カレニア騎士団も、さすが、剽悍を標榜されるだけあって、ランズベール城攻防以来もっとも数多く転戦してきているわりには、それほど大きな被害をうけずにここまできていた。じっさい、いまの人数で最初の七割弱くらいであったが、それは、その戦ってきたたたかいがどれも非常に困難な状況のものであったことを考えると、おどろくべき確率といってもよかったかもしれぬ。

武将では、リギア聖騎士伯が去っていったのを別とすると、負傷者も怪我人もなく——ルナンは少々怪我をしていたが、元気であった。あの絶望的に思われたクリスタル脱出を考えれば、奇跡的なくらい幸運な結果、といってもよかっただろう。

だが、問題は、これ以上はもう、カラヴィア軍が参戦してくれるか、あるいはスカール軍が戻るか——または、別の外国の軍勢の支援がないかぎり、職業軍人として鍛えられた部隊がこちら側についてくれる可能性が少ない、と言うことであった。クリスタルにいるのはきわめて危険が高かったが、そのかわり、ほかの聖騎士侯や大きな武将にはたらきかけることができる可能性もあった。そして、そういうおもだった武将をこちらの味方につけられれば、同時にその武将が、おのれの騎士団をひきいて戦力となってくれる、ということでもある。パロの組織では、各武将の、それぞれの騎士団に対する指揮権はときに、総帥の指揮権をしのぐ強いものとなっている。

だが、カレニアにきてしまえば、いまクリスタルにいる武将とその騎士団たちは、よしんばこちらに同情的であったとしてももう、そうやすやすとは国王側からぬけだしてこちらに加わることはできぬだろう。逆に、こちら側に同情的なことがわかれば、裁かれたり、弾圧されたり、処刑されたり、という危険性もきわめて高い。

やはり、かなめはカラヴィアであった。カラヴィアは、もともと広いせいもあるが、同時に国民皆兵の思想をつよく持っている、なかば自治領の独立国家に近い力ある地方で、そこに生まれ育った男子は全員、まず兵士として鍛えられる育ち方をする、という、文化国家を標榜するパロにはとても珍しい風習を堅持している。だからこそ、カラヴィア公爵はつねに、パロ聖王家に対して、王族に匹敵するほどの発言権と実権をふるってきたし、アルシス－アル・リース内乱のおりにも、カラヴィア公の去就ですべてが決定することにもなったのだった。もとよりカラヴィアはダネイン大湿原に面し、またその彼方はことのほか雄壮な気質をはぐくむ草原地方だ。それゆえ、カラヴィアは、パロのなかではきわめて独特な、独自な気風と文化をもち、人種的にもかなり草原の人種に近い。聖王家もまた、ずっと、カラヴィア公を掌握することが、国内の統治のかなめであると心得てきたのだ。

その、現カラヴィア公アドロンと公弟アルランひきいる兵、三万五千の動きこそ、最終的に、カレニアを根拠とするナリス軍の生命線になるか、それとも最終的な息の根をとめる役割をはたすかを決することになるだろう。

それが見えてくるまでは、安心するわけにはゆかぬし——それにもまして、重大なのは、そのカラヴィア子爵アドリアンともども、人質としてクリスタル・パレスにある、リンダ妃の運命であった。

いざとなれば、クリスタル・パレスは、王姉リンダの処遇をたてにとって、決着を迫ってくるだろう。その、圧倒的な優位を手中にしている、とひそかに安心していればこそ、クリスタルからナリスが脱出するのをもわざと見逃したのではないかとナリス側は考えている。むろん、泳がせて、中に潜入させている間者たちを使ってナリスを追込もうとした作戦も当然あるだろうが、それを成立させたのは、（リンダをとらえている）という、絶対的な優位があるからにほかならない。

（リンダさまを、救出しなくては……）

カレニアにいったん落着き、何はともあれナリスを覚醒させたあとは、それが最大の焦眉の急となる。だが、こちらから、カレニアでナリスを守りつつ、出兵してクリスタルに、リンダ奪還のいくさをしかけるには、あまりにも、ナリス軍の兵力は足りなさ過ぎる。

しかし、リンダをそのまま放置しておいたら、それは世論にも大きく影響が出るだろう。そうでなくても、どれほどヤンダル・ゾッグの力が大きいかを実感として知りようもないパロ国民、ことにクリスタル以外の地域の住民たちには、ナリスが愛妻をあえて敵中にのこしたまま単身脱出した、というだけでもすでに、かなりのマイナス・イメージになっているにちがいない。ましてリンダは、カレニアでも、それ以外のもろもろの地方でも、非常に人気が高い。基本的に人気のあるパロ聖王家の王族のなかでも、たぶん一番人気をあつめているのはリンダ姫だろう。

だが、それは逆にいえば、そのリンダの監禁、幽閉の非をなじり、告発し、国王を糾弾することで、ナリス側の正義をひろくパロ国民にアピールできる、好機でもある。

いずれにせよ、ものごとは大きく展開しようとしている。そしておそらくは、最初にクリスタルの貴族たちがかるく考えていたような「王家の内輪もめ」などとはけたの違う――アルシス－アル・リース内乱の何倍、何十倍も重大な、長期間にわたる戦乱となって、パロの歴史に新しい時期をひらくことになるだろう。

（というか……そこまで、もってゆかなくてはならぬ。――でなくては、われわれはただの反乱軍、国王の座めあてのおろかしくあさましい反逆者にされてしまう……）

このいくさは、長く続くかもしれぬ——

だとすれば、なおのこと、体制をしっかりととのえておかなくてはならぬし、自分もまた、体力をつけておかねばならぬ。

こんなところで、剽軽者の黒魔道師などに遊ばれている暇はないのだ——ヴァレリウスはつよく思う。ようやく、あだやおろそかではない、この内乱をひきおこした張本人としての責任が、ヴァレリウスのなかに強くあらためて生まれはじめている。

ダーナムでの滞在は、極力短くしたい、というのが、ヴァレリウス以下参謀全員の考えであった。ダーナムは、まだまだあまりにもクリスタルに近い。その上に、ごく平凡なつくりの地方都市で、まったく戦乱の舞台になることなど予期せずにつくられているのは当然であるから、攻めるにせよ守るにせよ、きわめて条件が悪い——もしも、出て戦うにせよ、ダーナムはその補給線になるにはとうてい力が足りないし、むろん籠城できるこしらえにもまったくなっていない。また、籠城するための蓄えなどは当然あろうはずもないから、これだけの人数の軍隊が長期にわたって駐屯していれば、それこそダーナム近辺の備蓄食料などあっという間に食いつくされてしまうだろう。むろん、強奪するつもりはなく、ちゃんと代金を払って買上げるのだが、それにしても、ものがなければ買上げようもないし、また、ダーナム地方の住民たちとても、食料そのほかの物資は必要だ。それがなくなってしまえば、たとえダーナム自体がいかに好意的であったとしても、協力体制を持ってくれることはできない。そうなれば、好意も迷惑にかわる。——そのあたりのからくりは、ヴァレリウスたちには、よくわかっている。

その上に、ローリウス伯以下のカレニア軍はナリスの要請に応じて、すでにかなり長いことふるさとのカレニアをはなれたままだった。その長引くいくさの疲れ、カレニアに残された家族たちの心配や疲労も当然考えなくてはならぬ。クリスタル義勇軍もむろん、あえてクリスタルを捨ててきたのだが、これは、すでに義勇軍に参加するときに、故郷も家族も捨てる、というつよい意志があったものが多かった。だが、カレニア軍はそうではない。

ダーナムをたつのは、二泊して、翌日に決定した。最低限の滞在であった。そのまま、ナリス軍は、ふたたび陸路をとり、イラス平野をまっすぐ南下してマルガにむかう。

もっと進路を西にとり、サラミス寄りに下る手もあったが、マルガでは、マルガ騎士団の残党が待っていた。また、マルガはナリスにとっては最大の根拠地のひとつでもある。そこではさらに若干名の義勇軍をつのることもできよう。さらに、マルガは、マール公領の中心都市マリアに近い。マール公自身はクリスタルにあるが、マール公領をあずかるマリア市に声をかけ、在マリアのマール公騎士団にもカレニアへ集結するよう呼びかけたい、というのが、ヴァレリウスとヨナの思案であった。アラインの先、ロードランドの塔はこれは、国王軍の駐屯地であって、国境警備隊ががっしりと固めているので、そうやってこちらに抱込める可能性のあるのはマール公領が限度である。

ダーナムからマルガへは、馬で三日。もっともこれはかなりゆったりととった旅程であったが、ナリスという荷物がある以上それ以上に急ぐことはできなかった。その、イラス平野を南下する行軍のあいだのことも、ヴァレリウスたちの心配の対象であったが、とりあえず、大部隊による追撃がかかってくることはなかった。だが、魔道師からの、クリスタルのようすを知らせる報告によれば、着々と、かなりの大軍が集められ、かつてない大部隊によるナリス軍追討がいよいよ発せられようとしているのは確実だった。

（ベック公を総司令官に、ダーヴァルス侯が一万を率いて先鋒、さらにマルティニアス、タラント、リーナス——そしてルシウス、リティウスら聖騎士侯、武将たちが編成に加わっている模様です）

（ダーヴァルスが先鋒……）

パロ騎士団のたばね、ダルカンに次ぐ重鎮として最長老のひとりの位置にあるダーヴァルスが、長いあいだの閑居を破って自ら先鋒をつとめ、聖騎士団をひきいて出動する——この情報はかなり衝撃的であった。

ダーヴァルス侯への、パロ軍人たちの信頼はきわめて厚い。そのダーヴァルスはこの内乱勃発の初期にはひたすら沈黙を守り通し、それで、その沈黙こそ、ナリス側にやや近いが、立場上それを明らかにするわけにゆかぬ複雑な心情をあらわすものではないかと、ナリス側はひそかにダーヴァルスには期待していたのだった。だが、そののち、ダーヴァルスは国王の命を受けてたち、その期待はついえたのだが、それでもなお、「実際には忠実なダーヴァルスが国王の命をこばむわけにはゆかず、やむなく」その命令に従ったのみで、この内乱に対して気は進まないのではないかという希望があった。だが、いよいよ先鋒としてダーヴァルスが乗り出してくるからには、おのが名誉にかけて、もはやあとにはひかぬだろう。そして、ダーヴァルスが自ら陣頭にたつとなると、長老のもとに、国王がたに残る聖騎士団もかなり団結を固めてくることは予想せねばならぬ。

リーナスの再登場もなかなか、ヴァレリウスたちをへこませたが、最大の衝撃はやはりダーヴァルスであった。

「くそ、おそらくは、ベック公にせよ、マルティニアスにせよ、《魔の胞子》にあやつられているのだがな……」

ヴァレリウスはヨナに苦衷をもらした。

「なんとか、魔道師を送り込んで、その術がとければ――ことにベック公ファーンどのなら、かならずこちらの主張をわかって下さると思うのだが……ベックどのがいて下さればずいぶんと力関係はかわってくるだろう」

「でも、それこそ、あちら側があああしてベック公をとりこまねばならないと思われた理由でしょうし」

「まったく、そのとおりだ。……しかし、まさか、ダーヴァルスどのも操られているのかな……」

「恐しいことです」

ヨナはしずかにいった。

「おしよせてくる軍隊のおもだった武将たちがみな、もしも、しだいによこしまな黒魔道によって理性を失い、脳をのっとられ、人格がかわってゆくような状態にあるのだとしたら。──それはたいへんなことです。いかにこちらがはたらきかけても、それでは、論理も道理も通じようはずもない。──こんなことは、これまでになかった」

「それはもう……そもそもヤンダルのようなやつが、中原に存在していたことがなかったんだからな」

「それもそうですが──私が大変なことだと思うのは、竜王は、決して世界で一番力のある黒魔道師なわけではなく、そうではなくてただ、まったく倫理観念に縛られない──といいますか、まったく魔道師のおきてや慣例によって束縛されることなく、普通人の脳を呪術であやつったり、たたかいに幻術を使ったり、人質をとったり──いっさいの倫理も善悪も道徳もないような戦いかたを中原にもちこんできた最初の黒魔道師であるだけだ、と思うのですよ。でも、それは、それをしたらこの世界の秩序がすべてくつがえされてしまうようなことだった、だから、これまでは、どんな悪辣な黒魔道師でも──まして白魔道師たちはギルドというかたちで、非常にきびしくこのおきてと、倫理と、そして規則と義務を守っていたのだと思うのです。だが、ヤンダル・ゾッグは、それをすべて踏み越えてきた。これはたいへんなことです。それをそのままにゆるしておけば、もっとずっと力のない黒魔道師も、こうすればよかったのか、こうやっておのれの力を日常と普通人の世界におよぼしても、それをとがめる神はこの世にはないのかと知ってしまうでしょうし、そうなれば、魔道師でない一般人、普通人には、その力をとめたり身を守ったりすることはまったくできません。私は魔道学を多少おさめてはいますけれど、魔道師ではありません、一般人です。だからこそ、その事態のおそろしさがわかるのですよ。——これは、阻止しないわけにはゆきません。でないと、この世界そのものがまったくこれまでと異なった場所にされてしまいます。えんりょえしゃくなくその魔道の力をふるうことを覚えてしまった黒魔道師たちの前に、われわれ一般人、善良なおきてを守る白魔道師などはみな、ただのえじきになってしまいます。——ましてやもし万一にもヤンダルが古代機械の謎を手にいれるようなことがあれば。——どこにいてももう安全な場所はなく、何をしていても、正義も秩序も存在しえなくなるでしょう。そして、ただ、力のあるものだけが勝利をおさめ、やりたい放題できる時代がやってくる。私はミロク教徒ですから、この世には神の秩序と安寧が存在すべきだと信じていて、そうでなくても、この世にはそれが欠落している、そのためにはたらかねばならぬと考えている。それを、いっそう暗黒にむけてこの世をおしやってゆくようなこんな暗い力には、たとえかなわずとも、我が身を投込んでふせがないわけにはゆきませんよ」

「ああ」

ヴァレリウスは深刻な顔でうなづいた。

「いまとなっては、ひとりパロだけのたたかいではない、という気が私もしてきたな。……それに、私はずっと考えていたんだ。白魔道師——ことにギルド系の魔道師がどうしてこんなにもかよわく、無力になってしまったのか、ということを。黒魔道師があんな力をもつにいたっても、おきてに縛られた白魔道師では、よくそれに対抗することもできない。これが、今回の私の最大の衝撃だったたし、いまだにこれを解決できない。むろんこの目のまえのいくさに勝ち抜き、パロに平和をもたらすことも大切だが、それ以上に、もっと大きなものがこのいくさにはひそんでいる——私はそう考えるようになった。これまで、私は、あまりに限られた目でしかものを見てこなかった。おそらく、ロカンドラスなり、イェライシャ老師なり、ああいう偉大な見者たちの目からは、ずいぶんとそういうそれこそグラチウスのいう『御用魔道師』たちのそういう部分がはがゆくもあれば、相手にもできなくもあったのだろうが——いったいどこでどう間違ってこういうことになったのだろう。白魔道師は結束し、善良におきてをまもるがその分力がなく、黒魔道師はおきてをふみやぶり、神にそむきさえすればどんな力でも得られる——魔道とは、そんなものであったはずはない。私が魔道師になろうと思った最初の理想は……確かに、《力》だったかもしれないが——私はそれを、ただ善良な意味でだけ使いたいとのぞんでいた。……これまで、私の忠誠はただひたすらパロのものだった。いまとなっては、それが私は恥かしいというか、なんと狭い料簡で、狭いものしか見えていなかったのだろうと赤面する思いだ。——そんな、パロの運命がどうこうという以前にはるかにもっと巨大な危機——何か根本的な、中原の秩序が破壊される危険が迫っていたのに気づかずにいた。グラチウスなどはまだまだ可愛いものだ——彼は、まがりなりにも中原の秩序を愛しているし、それを、まったく自分の野望のためだとはいえ、ある意味、守る手助けさえもしてくれている。だが、ヤンダルにはそういう中原への思い入れなどまったくない。中原の秩序なんか、彼にとっては一文の値打ちもありはしないんだ」

「大丈夫ですよ」

ヨナはつぶやくようにいった。

「まだ、時間はありますよ。――まだ、きっと、間に合います。私たちが、私たちの秩序と安寧と真実をとりもどすために、まだきっと間に合います。リンダさまをお救いし、不幸にも死者となりながらよみがえらされたり、何も知らぬままに操られて悪魔の手先となったりしている気の毒な人たちを救出しましょう。そして、ヴァレリウスさまのいわれるような、力のある黒魔道師であれば切り取りほうだいに中原をおいしい果実のように支配できるような混沌を追い出すんです。もしもちょっと事態がいったん落ちつくようなら、私も考えていることがあります」

「なんだ、それは？」

「ひとつは、ゴーラのことですが――もうひとつは、私がミロク教徒である、ということです。……ミロク教徒はたしか、キタイにも少数ながらいたはずですし、ヤガやテッサラはむろんミロク教徒の町です。そこに働きかけて、ミロク教徒たちにも、この事情を話し、理解してもらい、ともに中原の秩序をまもるたたかいに加わってくれるよう説得してみようかと思うのです。――もとより、ミロク教徒は剣をとりません。人を殺すということは戒律によりみずからに禁じていますが、たたかいというのは、なにもひとを殺すだけとはかぎらない。ミロク教徒はいま、実はひそかに激増しつつあるのです。それも私は、みな、魔道と無知と暗黒が支配しているこの世の中に対する人々の絶望が真実の救済を求めているからではないかと理解していますが——そのミロク教徒たちがすべて立上がれば、いかに力あるヤンダルといえど——中原に死体の山をきずき、無人の国を支配したいというのなら別ですが、そうでなければ、いずれ、力ひとつで支配をおしひろげてゆこうとする者は、かならずその抵抗にあうはずです。私はそう信じています。そうでなくては、われわれ何の力ももたぬ普通人たちは浮かばれません。われわれのいのちにも、最低限の権利と輝きはあるのだと考えていなくては、力のあるものだけが思うとおりに私たちを支配し、いつなりと好きにおしつぶしていいということになります。ミロクの教えは、『だが、そうではないのだ』ということを——人間として生をうけたものは誰でも救われる権利と義務がある、ということを教えるためにはじめられたものなのです。ヴァレリウスさまはこのたたかいを通して黒魔道と白魔道の力の差や、魔道とはいったい何だったのだろう、魔道師とは、というようなことを考えられるにいたったのかもしれません。私がミロク教徒になったのは、無力で弱者でしかありえないものがどうやって、それこそこういう黒魔道や残虐な支配者が支配している世界で生き延びていって幸せになれるか、そういう世の中を作れるか、ということを考えに考えつめた結果です。——いや、もともとうちの一家がミロク教徒だったのですが、私はパロにきて魔道をまなび、もろもろの学問を学んで、それからあらためて、われから選んで本当のミロク教徒になりました。……ヴァレリウスさま、絶対に、時代は変って行きますよ。それも、よいほうにです。私はそう信じます。むしろこのヤンダル・ゾッグの侵略は、水面下でうごめいていたたくさんの暗黒を一挙におもてにあぶりだす効果があったのだとして神に感謝したいくらいです。これを、勇気と知恵と希望とをもって切り抜けられたとしたら、必ず中原にも——人間の文明にも、新しい時代がくる。私はそう信じています」

「………」

ヴァレリウスは、やや意表をつかれて、目をぱちくりさせて黙っていた。

ご存じのとおり、ヴァレリウスが——こともあろうにヴァレリウスが——意表をつかれて黙っている、などというのは、とてつもない珍事であった。が、このとき、さしものヴァレリウスも、なんといっていいものか、いっかなわからなかったのだ。彼は、まるで、いまはじめて見る人間を見たような目でヨナをまじまじとながめた。そして、何か返答しようとしたが、またしても、なんとこたえていいのかわからなかった。

「ヨナどのは……そのう……」

「むろん、ミロク教徒の力だけでいますぐ世の中がかえられるとは思っていません。でも、このたたかいに加わってみて、ますます私は、ミロク教について深く追求してみるべきだ、もしかして救いはそこにしかないのかもしれないと思うようになりました。……このたたかいが無事にすんだら、私は、ヤガに下ってあらたな人生の期間をはじめてみたいと思っています」

「あ、あー……それは……それはいいことだと思うが、まあ……」

ヴァレリウスの舌はやっと、ぎこちなくいつもの速度をとりもどしつつあった。

「まあしかしもちろん、このいくさがすんだらということなんだから——それをいったら、そう――それをいったら、このいくさがすんだら、私も……私も、イェライシャ導師に弟子入りさせてもらって、一から魔道師修業をやりなおそうか、という気持になったりしているからね。なんだか、これまでの自分とはいったい何だったんだろう、という気持にかられて。……うむ、まあこれは、大導師アグリッパに会ったりして、すごく衝撃をうけたせいだろうとは思うんだが……」

「もっと、広い世界がある、ということを、われわれは知ってしまったんですよ」

ヨナはしずかに答えた。めったにそうやっておのれの心中や思うところなどを吐露することはなかったが、それをするのにはまったくためらいも、臆するところもなかった。

「だからこそもう、前の秩序にはとどまっていられない。だから、我々はクリスタルから――あの石の都から、新しい生き方にむかって脱出してきたんです。このいくさはただのいくさではない、といま、僕は思っています。そして、このいくさをどうしても勝ち抜いてみせようと思っています。たとえその途中でおのれが倒れるともそれはちっともかまわない。――なぜなら、これは、聖戦だからです。私たちは、ただ、クリスタル・パレスのために、パロ聖王家への忠誠のために、中原の平和のために戦っているんじゃない。私たちは、生の新しい段階にたどりつくために暗黒を追い払おうとしているんです」

# 3

マルガまでの道のりのあいだ、ヴァレリウスがもっともおそれていた竜王からの魔道による襲撃も、またロードランド警備隊などを使っての行軍の阻止のこころみも、ついになされなかった。それはかえってヴァレリウスたちをちょっと不安にするくらいだった。

だが、どうやら国王の側も態勢をたてなおし、あらためて徹底的に内乱を根絶しよう、という姿勢をととのえるのが最善、という結論にいたったようだった。確かに、マルガ街道ぞいには、ナリスの領地に近いだけあって、ナリスの支持者が非常に多い。そのまま、マルガからサラミス、カレニアをひかえたパロ中南部地方は、カレニア王であるナリスのもっとも有力な支援の本拠地なのだ。ナリス軍が、クリスタル圏内を出て、その中南部に足をふみいれたからには、なまじっかな数の軍をさしむけて追うことは、かえって自らの首をしめることになる、という読みが国王側にもあるのだろう。

一行はひたすら先をいそぎ、ダーナムをあとにし、ルカ、シランとマルガ街道ぞいの町を通過していった。

途中、アラインからやってきた、サラミス公騎士団の残り半分——勇ましくも、フェリシア夫人がそれをひきいていた——が合流し、ヴァレリウスたちをかなりほっとさせた。赤い街道の一モータッド、一モータッドが、少しづつ安全圏に近づき、希望に指さきをかける道のりであった。

さらに、はるかクリスタルからの密使が、ヴァレリウスたちをよろこばせた。もっとも、場所が場所だけに、これもまたもしかしてヤンダル・ゾッグのおおいなる罠ではないか、という懸念は完全には決して失われなかったのだが。それは、パロ軍の長老ダルカン聖騎士侯、そしてマール老公が、国王への不信を表明してクリスタルをはなれた——そしてダルカンはおのれの聖騎士団をひきいて、ナリス軍に参加するべく南下を開始した、という知らせであった。

王族でもあるマール老公は、地位がきわめて高い上に老齢なだけに、国王がたも、その去就を干渉するわけにゆかなかったのだろう。おもてむきは、「現在のパロ聖王家の内紛にいたたまれず、自領、マール公爵領にひきこもって退隠する」という表明がなされたということだったが、そもそもはナリスの謀反にも参加を表明していたマール公だけに、老公がクリスタルをひきあげたということは、マール公騎士団はナリス側についた、とみなしてもよいことだった。

これは朗報だった——ことにダルカンの参戦はきわめて明るい知らせであった。ダーヴァルス聖騎士侯の出動に心理的打撃をうけていたナリス軍幹部はこの知らせに、いっぺんに愁眉をひらいた——というほどではなかったにせよ、かなり大幅にまた、不利をとりかえした、と感じたのは確かであった。だが、ダルカン、ダーヴァルスは黒竜戦役の以前から、パロ聖騎士団のかなめとならび称せられた、パロ国民にとっては守護神ともいうべき二大武将であり、また、あまたの苦楽と戦場をともに切り抜けてきた盟友としてとても仲がよく、その二人がこのようにしてたもとをわかって敵味方として戦うはめになったこと自体が、この内乱がパロにあたえている苦しみを象徴するかに思われるものであった。——が、むろん、相手が相手だけに、ヴァレリウスとヨナのほうは、全面的に、ダルカンの参戦がヤンダルの手のこんだ陰謀でない、という疑いを捨て切るわけにはゆかなかった。ダルカンと直接対面し、詳細にひそかにその部隊を調べてどこにも例の《魔の胞子》が潜入していないことを確認するまでは、油断はできなかっただろう。

だが、そうして戦況がじりじりと動きつつあることが、かれらの心を明るくしていたし、また、この一行をむかえるマルガ街道ぞいの住民たちにも、すでに、おおやけにされたナリスの《死》は、窮地を切り抜ける最終の策であったらしいことは、公然の秘密と受け取られていたようだった。本来ならば、ナリスの葬列を迎えたらたいへんな悲嘆と悲傷の嵐がまきおこるはずのマルガ街道でも、多くの住民が日常の業務を放り出してかれらを迎え、支援すべくかけつけていたが、そのおもてには、絶望と悲嘆はすでになく、しかし緊張と、そしてすべてがちゃんと解決した、とヴァレリウスなりの口から発表されるまでは何もこちらから余分なことをいってはならぬ、という静寂のみがあった。

それは、過ぐる日に、ナリスとリンダとが、いくたびとなく通った街道であった——クリスタルから、マルガへ。

もとより、ナリスが幼いころにも、かぞえきれぬほどの、クリスタルとの往復のたびに使う街道であったし、また、ナリスが正式にクリスタル公となり、クリスタルにカリナエ宮をかまえてからも、何度もマルガへの行幸はあった。そして、最大のものは、ナリスとリンダとが、国中に祝福されて華麗な婚礼の祝典をあげ、そして、新婚旅行をかねて、ナリスの領地へのおひろめの行幸に出た旅であった。そのとき、幸せいっぱいのクリスタル公夫妻は、無蓋馬車にのり、沿道を埋めつくした群衆の熱狂と歓呼、二人の肖像をふりたてながら二人の末永い幸福を叫ぶ声につつまれて、このマルガ街道を下っていったのだ。

そしてマルガで小休止をとり、そしてサラミスからカレニアへ――若きカレニア王とそのうるわしい王妃として、二人はまさに栄光と栄華と幸福との絶頂をきわめながら、マルガ街道を下ったのだ。

領民たちは熱狂してかれらをむかえ、そしてカレニア騎士団の若者たちは熱狂と崇拝のあまり、カレニア衛兵隊として末長くナリスの側近く生命をささげることを誓ってカレニアからクリスタルへとついてゆくことを申し出て受入れられたのだった。

そのままカレニア衛兵隊はクリスタルへ、そしてマルガへ――またクリスタルへ、ランズベールへ、ジェニュアへ、と長い、思いもよらぬ苦難にみちた道のりをよく耐えて、ついにまた、ふりだしのマルガから、なつかしいふるさとへ思いがけぬかたちでの帰還をはたそうとしている。かなりの人数を失ったとはいっても、精悍で勇敢なカレニア衛兵隊はその七割がたが無傷で、その忠誠にいささかのゆらぎもなく、誇らかにこの隊列の先頭を切っている。

それもマルガ街道——そしてまた、冤罪と陰謀とで投獄され、拷問をうけ、右足切断の大災厄にみまわれたナリスの予後を養うべく、カレニア衛兵隊もつきそい、妻のリンダもひたすらナリスの身を案じながら、ちょっとの動揺さえも病人のからだにひびくと、一日にそれこそ数モータッドしかゆけぬような地を這うような旅でマルガ離宮へとたどりついた、あの恐しい日々も同じこのマルガ街道であった。

あれほどの栄光と栄華とが一気に逆転し、暗転したあの日々——そして、そこから立上がり、長い幽閉にもひとしいマルガの寝たきりの日々を経て、みごとクリスタルに奇知をもって脱出し、その不自由なからだで謀反のぬしとして立ったときにもまた。

マルガ街道は、つねに、ナリスと、その支持者、崇拝者、また敵たちの運命を見守り続けてきたのだ。

その、マルガ街道を、棺にのせられ、偽りの死の眠りを眠りながら、ふたたびナリスは下ってゆく。

そのふしぎな運命に思いをはせ、ヤーンのあまりにもあやしい手さばきに多くの感慨を持ったものはひとりヴァレリウスのみではなかったに違いない。

だが、旅程のほうはつつがなく、ついにダーナムをたって三日後、一行はマルガに入った。

ヴァレリウスは、ころやよしと判断した。マルガではマルガ騎士団がかれらを迎え、マルガの住民もむろん、すべて熱狂的にナリスの名を——「アル・ジェニウス」を叫んでいた。

かれらがマルガ離宮に、大勢の領民たちの声のない歓呼に送られながら入ると同時に、マルガ市長ルゲリウスがマルガ騎士団の団長ミルキウスともどもおとずれ、「マルガ地方は、全住民をあげてカレニア王、パロ聖王アルド・ナリス陛下を支持し、忠誠を誓う」ことを誓約した。同時にかれらは、マルガ地方及びその周辺のギルド長連合からの連名の誓約書を提出した。マルガの忠誠については、ナリス軍のなかでもっとも疑い深いものさえ、疑ってはいなかったが、こうしてはっきりとかたちで示された忠誠は、かれらをひとしきり感動させた。

「それで、あの……もしもこれが機密でありましたら、何もおおせになられずとも結構ではございますが、あの……」

ルゲリウス市長は、その儀礼がおわると、おずおずと人払いをして切り出したが、ヴァレリウスはもう、これ以上まつ心持はなかった。

「ご心配なく、市長。まもなく、すべてが明らかになります。——今夜といわず、いますぐにでも。……まもなく、陛下はお目覚めになり、そして皆様の忠誠の誓いをお受けになりましょう」

「おお！」

ルゲリウスとミルキウスは顔を輝かせた。

「それでは……」

「そうです。もう、あまりに危険なくらい、仮死の状態が長引かれています。——さいわいに、マルガでこれだけまわりを固めていただき、またマルガ離宮は陛下にとってはごく休まる、いちばんお馴染みの場所でもあられる。ともかく、ここでお目覚めいただき、しばしでもご静養いただかぬことには」

「過ぐる日に、マルガ離宮でヨウィスの民による暗殺未遂があったときには」

ルゲリウスは感慨深げにいった。

「わたくしは、陛下のすぐおそば近くにおりまして――この心の臓もともに止るかと思いました。あのような思いはもう二度としたくございません。……一刻も早く、陛下のおすこやかなおすがたをこの目で見、そのお声をこの耳できかせていただきたいものです。……そうすれば、もう、このおいぼれはいつこのいのちを陛下のお身代わりに捧げても悔いるところではございませぬ」

その思いは――

多くの、ナリス軍の中核の者たちにも共通のものであっただろう。

ヴァレリウスは、イェライシャに通ずる心話の扉をひらき、イェライシャによびかけた。

そして、彼のいうがままに用意をととのえた――ナリスは、すでに棺から出され、長い長いあいだ彼が不自由で苦しい療養生活と、そのあとの、もどかしく苦しみにみちた半幽閉生活を送った、リリア湖を見晴すマルガ離宮のもっとも奥まった一画の寝室に安置というか、横たえられていた。

それは、ヴァレリウスにとっては、おそろしいほどに見慣れた構図であった――あまりにも長いあいだ、そうして、そのベッドにいるナリスをしか見てきていなかったので、なんだか、それ以外のナリスが存在していたことがあるとさえ、思えないくらいだった。まして彼らにとっては、この謀反もそののちのすべても、何もかもはこの寝室ではじまり、そして大半がこの寝室で展開していったのだ。

同じその天蓋つきの寝台に、ナリスは、ふかぶかと枕にうもれるようにしてよこたえられていた。マルガをたつときには、あのような事情で――刺客の毒にやられ、ただちに毒消しの治療を求めてクリスタルに急送しなくてはいのちがあやうい、という口実のもとに、誰に別れをつげるいとまもなく、荷物をまとめることもなくほんの身のまわり品だけをともに持っての出立であり、それも、まことはもはや戻ってくるまじき決意をこめての謀反への旅立ちであった。その後のさまざまな難儀と苦難、転戦――そこにしずかによこたわり、目をとじているナリスの白い顔は、そのすべてが、まるでなかったことであるかのような――ただ、本当はずっとナリスのかたわらにあって、一夜の長い夢をみていてふと目覚めたにすぎないかのような錯覚を、ヴァレリウスにおこさせる。

そっと、カイが入ってきて、圧倒的な静寂をやぶることをおそれるようにひそやかな声で、準備が出来たことを告げた。

「イェライシャ老師がおこしになります。――皆様には」

「いや。最初は……私とカイどのと……おお、ヨナ先生もよんであげてくれないか。あの人にも立合ってもらいたい。私のいないあいだ、あの人にいちばん、私のかわりになってもらう苦労をかけたのだから」

「かしこまりました」

カイは何も余分なことをいわず、しずかな挙措で出てゆく。ナリスが佯死の薬を服用してからの、長い恐しい時間を、カイはひとことも口をきかずにじっと耐えていた。つねにかたわらでナリスを見守るしかできぬ小姓頭のカイにとってこそ、この長い時間はすべて、たえまないおそろしい、終りのない拷問にひとしかっただろう。カイのおもてもひどくやつれ、頬がこけ、目がおちくぼんで、彼の耐えてきたその時間が彼にとってなみたいていのものでなかったことを物語っている。まだ、二十歳になるならずのカイであったが、なんとなく、あまりにも辛い時間をすごしてきたゆえか、このわずか数日でめっきりおとなびて、少年時代に訣別してしまったようにも見えた。

「老師——」

音もなく、白い長い道衣のすそをゆらめかせて、長い杖を持ってあらわれたイェライシャを、うすぐらくしてある寝室のなかで、ヴァレリウスは見上げた。

「よろしくお願いいたします」

「ああ」

イェライシャは、べつだん何のかまえたようすもなく、寝台のそばによった。

そっと手をさしのべ、ナリスの額にふれてみ、それから唇に指をかざして呼吸をたしかめ、脈をとり、さらに指さきでまぶたをおしあけて瞳孔をあらためてみる。それはどこからどこまで、死人のそれでしかなかった。

それを確かめると、イェライシャはうなづき、たずさえてきた薬草やもろもろの七つ道具の入っている籠をとりあげた。が、ふと気づいたように、カイとヨナ、それにヴァレリウスに目をやった。

「外に出ていなさい」

重々しく告げる。

「これはわしにとっても秘術のなかの秘術だ。おぬしらに見られていると困る」

「ああ……これは、不調法を。どうも失礼いたしました」

「わしが呼んだら、入ってくるがいい」

魔道師にとって、大きな術であればあるほど、それの秘密を仲間や後輩の魔道師に盗まれたくないのは当然であった。ましてそこに一般人の存在があるのは施術そのもののさまたげになる。ヴァレリウスはカイとヨナをうながして、控の間にさがった。なんだか、医者の手術をでも、受けているあるじを待っているような心持であったが、事実そのようなものであったには違いなかった。

誰も、何も口をひらくこともなく、しわぶきひとつしなかった。控の間もろうそくを暗くしてあり、ジジジジ……と、そのろうそくが音たてて燃えてゆくかすかなかすかな音だけが、耳につきささるほど大きく感じられた。

ヨナは石のような無表情で何を考えているとも知れぬ。ヴァレリウスはその端正な、痩せた、ヴァラキア人の顔を見ながら、ダーナムでヨナのもらしたミロク教の話について、考えるともなく考えていた。それは、いまにしだいに大きさと重さをもって中原に、いや、世界にのしかかってくるのではないか、という漠然たる不安をヴァレリウスにあたえた。それは、ヴァレリウスにとってはまったく新しい考えであり、思ったこともなかった方面からの展開であった。ミロク教徒との共闘の可能性などということは、ことばにのぼせたことくらいはあったかもしれぬが、それはあくまでヤガやテッサラをまきこみたい、というようなごく戦略的な気持によるもので、世界じゅうにそれほどにミロク教徒がはびこっていようとは、そもそも考えてみたこともなかったのだ。たくさんの波乱を呼んだアルフリート・コントの悲劇的な事件からして、そもそもヤヌス十二神教の内部での、異端事件であり、ヤヌス教団がこれほどしっかりと、権力と結びついてひろまっているパロでは、キタイの黒魔道師だの、そのよこしまな野望までは視野に入ってきても、ミロク教徒、などというものをまともに数の内として考えてみたことはなかった。

だが、その、漠然たる(何かがはじまろうとしているのだろうか……)というような不安は、浮かんでゆらめいたのも一瞬のことで、またただちに、ヴァレリウスの思念はとなりの部屋でおこなわれている秘術のゆくえに戻っていった。何をいうにも、それがいまの彼にとっては最大の焦点であり、ほかのことなど、頭にうかんできただけでも奇跡的といってもいいくらいだった。

カイはひたすら、目をとじ、こうべをたれ、両手を組合わせている。おそらくは、ナリスの無事をひたすら祈っているようすだ。その敬虔な、単純な、しかし単純ゆえにもっとも強いであろう忠誠のかたちを、ヴァレリウスはふとうらやんだ。

(俺は……もう、カイのように無心には祈れない……)

いくたびかは、ナリスのそのいのちを、この手で奪おうとこころみたこともある。また、このたくらみをたてたのはイェライシャであっても、それを実行にうつす決断をしたのは、最終的にはヴァレリウスであった。そのなかに、どこかに、ナリスに対する、ひそかな殺意がまったくなかったとはいえないのではないか——そう、ヴァレリウスは勘ぐっている。むろんそれは、もう敵意による殺意ではないにしたところで——(この人は、いっそそのほうが幸せなのではないだろうか……)という思いや、また、もどかしさや——あまりにも錯綜したものがヴァレリウスを縛ってしまっている。そのことをヴァレリウスはふと、うとんだ。

(すべてがもっと……単純で、幼くて、だが幸せだった——光のなかにいたころに戻りたい……)

もう、戻れないことは、誰よりもよく知っているヴァレリウスであったし——

それに、長い、苦しみにみちた放浪と苦難とはむしろ、いまようやく終って、あらたな——前と同じではないにせよ、あらたな日の曙光がようようさしそめてこようとしているいまではあったのだが。

いっそ、このままナリスが目覚めぬとしたら——それも、いくたびか、ヴァレリウスの脳をかすめた暗い想念であった。そのことをもっともおそれながら、一方では、ひそかに、

（そうなれば……）という、おそるべき、うずうずとうずくような奇怪な欲望があった。

それはものごとを一気に解決してしまうだろう――そして、おのれは、それによって破滅し、もう二度と正気にさえ戻れぬにしたところで、それもまた、ついにやってきたひとつのやすらぎ、結末に違いないのだ、という。

（あのかたが目覚めれば――俺はまた、戦い続けるのか……パロのために、世界のために、中原のために、人類のために――あのかたのために――そして、あのかたとも……死闘がまたはじまるのか……）

ナリスという人間はふしぎなほど、かたわらにいてじっと見つめているヴァレリウスのようなものに、（いっそ、この人はこのまま目覚めぬほうが幸せなのではないのか……）というおそるべきまどいをおこさせる。それほどに、やすらぎを知らぬ、求めてやまぬ魂が、見るものに――その渇仰に飢えた魂に魅せられ、愛してしまえばしまうほど、苦しみと憐憫を抱かせるのかもしれぬ。

（この術を施したのが――イェライシャ老師でよかった）

もしも、自分であったら。

それをほどくのが、おのれの任務であったとしたら、おのれはさらにまどうてしまったかもしれぬ。ヴァレリウスはそう思っていた。

（ああ……なんて長い夜だろう――なんて暗い……）

その夜はマルガに発し――

そして、カリナエをまきこみ、クリスタルをおおいつくし——そしてまた、マルガに戻ってきたのだ。

朝の曙光はさしこみ、何かが変ろうとしているとはいうものの——

(あのかたが目ざめ……そして、なんとおっしゃるだろう。……このさき、どうしたらいいのだろう——リギアさまは去り、スカールさまももう戻ってはこられまい。——そして世界は戦乱のちまたになろうとしており……そして俺は——)

祈ることばなど、とうの昔になくしてしまった——ヴァレリウスはそう思った。

自分があるじを愛しているのか、憎んでいるのかどうかさえ、もうどうでもよくなっていた。たしかにひとたびは殺したいと思うほどに憎みもしたし、ともに死のうと思い詰めるほどに魅せられてもいる。その思いはいまも変らない。ヴァレリウスには、それほどたくみにおのれの執着をかえてゆく器用さはない。

(死の淵におちて、あのかたは……)

何を見、何を思っただろう。もしこれがまことの永劫の安息、ドールの黄泉にやすらう死であったとしたら、彼は、おのれのついにはたし得なかった野望——神になりたいという恐しい野望、神だけの知るすべての宇宙の秘密を手にいれたいという、人間の持ってはならぬ野望が中断されたことを、くやんでもくやみきれぬ怨念に思って、怨霊となってこの世にあらわれてきただろうか。

先日、イーラ湖の湖底で、(いま、死ぬのだ)と思ったときの、おのれのことを、ヴァレリウスは思い出していた。

そのいまわのきわに脳裏にうかんだのはすべてナリスのことばかりであった――それも鮮明に覚えている。あのような瞬間こそ、もっとも、ひとの心がどこにあるのかは明らかになるものだ。死ぬまぎわには、さまざまの思い出が走馬灯のようにかけめぐるといわれているが、幼いころからのことなど思い出しもしなかったし、かつて愛した女性のことなど、かけらさえも、名前すらも思い浮かびはしなかった。

あの、ナリスへの思いのなかには、多少復讐じみた――（私が先に逝ってしまったら、あなたはどうなさるんです――）という、快感がひそんでいたのではなかったか、という気が、いまになってヴァレリウスにはしている。それもむろん、生還してしまったいまとなっては、それほど深刻な実感をともなっては思い出せない。

（私は……）

なんだか、いろいろなことがよくわからなくなってきた――ヴァレリウスは、そっと、首にかけたゾルーガの指輪をまさぐった。それにふれると、指さきがやけつくような気さえした。

ふいに視線を感じて目をあげると、ヨナが、無表情な、だが、奇妙に透徹した目でじっと自分を見つめていることがわかって、ヴァレリウスはほんのわずか、狼狽した。

そのときであった。

（よろしい）

しずかな、イェライイシャ魔道師の心話が、ヴァレリウスの脳につきささったのだ。

(もう、ナリスさまは目をさまされたよ。入ってきなさい。——ただし、しずかに。決して大きな音をたてたり、叫び声をあげたりせぬようにな。まだ、脳にあまり衝撃をあたえると危険だ。今夜一杯くらいは、まだ、ちゃんともろもろのものがもろもろの場所におちついていないと思いなさい。それも無理はあるまい——なにしろ、長い、長い黄泉の旅路から戻ってこられたのだから)

## 4

「ヴァレリウス……」

そして——

静かな夜——

二度とふたたびこないのではないかとさえ思った、静かでひそやかな秘密めいた夜が、マルガをおおいつくしていた。

まるで、すべての住人が死に絶えた、とでもいうかのように、この広大なマルガ離宮全体が、ひそとも音のしないような気さえする。また、この一画は、イェライシャの指図によって、特に厳重に、足音も、ほかの物音も、一切ひびかぬよう、廊下にも分厚く布をしきつめ、用のないものは近づけぬようはるか遠くで不寝番の騎士たちが見張りをつとめ——一切、心得のないものも、害意を持ったものも、寝室の半モータッド以内には近づけぬくらい、厳重に警備されていた。

まるで、すべての音が分厚い黒びろうどに吸い取られてしまう、そんな夜が、かれらの上にひろがっている。

「ナリスさま……まだ、お口をきかれぬほうが……」

「大丈夫だよ……まだなんだか、深い夢のなかにいるような気がするけれど……」

(ナリスさまは――生きている……)

なんともいえぬ――

惑乱とも、惑溺とも、つかぬものが、ヴァレリウスの胸をもやもやと一杯にしている。これほど、騒音と動揺を禁じられていながら、いまにもからだがはりさけて叫び出してしまいそうだ。たかぶっているとも、苦悩しているとも、苦悶しているともつかぬ、身悶えして歓喜ともなんともつかぬ絶叫をほとばしらせずにいられぬような奇怪な動揺が、ヴァレリウスを最前から、いくたびとなく突き上げているのだった。

(ナリスさまは……生きて……いる……)

なんと長いあいだ――実際には、それほど長いあいだでもなかったのに――こんな恐しい状態に耐えてきたものだろう。

はじめて、ヴァレリウスはそれを悟った。これはすべて佯死なのだ、策略なのだ、イェライシャの術なのだ――そう思うことで、おのれの感じる恐怖も不安も絶望もいっさいがっさいおしころし、締め殺して、それによってようやく、ヴァレリウスはごくふつうにふるまっていたのだった。

さきほど、ナリスが目覚める前に思っていたくさぐさの思いとても同じこと――それは、生きることとそのものに疲れはてた魂が、眠りに恋焦がれるような、あやしい一瞬の心のゆらめきだったのか、と、あらためて思い当る。

（ナリスさま……）

どうして、この人からひきはなされ、この人がもうかえってこぬかもしれぬ、この世のどこにもいないかもしれぬ、というような恐怖に耐えることができただろう。ただそれを実感せぬことによってだけ——心を凍りつかせることによってだけ、おのれは、おのれを守っていたのだ、と思う。

「ナリスさま……」

「私は……ずいぶん、長いこと……？」

「はい……もうこれ以上は危険だと……イェライシャ導師がおおせになった限界まで……」

ヴァレリウスは、ほんとうにささやくような小声で喋っていた。そのおのれの声のひとつひとつが、病人——いや、死から復活した奇跡の人の脳に、巨大な鎚で釘をうちこむように響いているのではないかと気になる。

ナリスの顔は青白く、この世のものとは思えぬほどはかなく——というよりも、まだ、なかば以上死者の貌をそのまま残して、妖しく、いつもよりもいっそう幽霊めいていた。その黒い瞳は何をうつしているとも知れずにあやしくほのめき、そのくちびるからはなたれる声は、耳をよせていなくてはききとれぬほどかすかだった。だが、そのくちびるからもれてくる息は、確かにもう、この人が最前の冷たく凍った人形ではない——そのからだに、少しづつ、おぼつかなげにでも、生命がかえってきているのだ、ということを告げている。

頭脳のはたらきにも、いまのところでは、影響はないはずだ――そう、イェライイシャは告げてしずかに去っていったのだった。

(これは、わしにしても、あまり本当は施したくなかった、秘術のなかの秘術でな。――それに、もうひとついうなら、わしはやはり、もとが出が黒魔道師なので――その分いっそう、白魔道師のおきてに対して忠誠でないことには、いつなんどき、おのれがふたたびドールの闇にひきもどされるかわからぬ、という恐怖をつねにいだいている。……これは、魔道十二条中最大の禁忌たるあの魂返しの術とは違うものだが、ある意味似て非なるものだ。それゆえ、これを使ったということ自体で、わしのなかの、ドール教団を裏切り、白魔道に身を捧げようと思った誓いがゆらめき、動揺している。……それに、この上わしが中原の動きに介入すれば、それは、もはや黒魔道師のそしりをまぬかれぬことになる。それもまたおおいなる禁忌のひとつなのだからな。――それゆえわしはもうゆくが、案ずるな。また、おぬしがどうしてもわしを必要とするなら、わしは戻ってくるよ。おぬしはもう、わしにたどりつく回路は持っているのだ)

(導師……なんと、お礼を申上げてよいのか……)

(まだ、安心するのは早いさ。すべてがはじまるのは、これからなのだろう)

(それは、そうですが……このお礼は、後日、あらためまして……必ず)

(わしはこれから、ちょっとゆかねばならぬところがあるでな)

飄々とした笑いをみせて、イェライイシャは空中に消えた。そのあとには、その痕跡ひとつ

残されてはいない、あまりにみごとな《閉じた空間》の術であった。

「ヴァレリウス」

かそかな声がよんだ。ヴァレリウスは、あわてて、ベッドのかたわらに、身をそっとのりだし、耳をかたむけた。あまり、おのれのように生命力のさかんな存在が近くによってきただけで、その生命力の波動によって、弱りきっている——どころではない、まだなかば以上黄泉路に身を浸しているあるじを、黄泉のほうへおしやってしまいそうな恐怖を感じる。手をふれることさえも、はばかられるようなおそれがある。

「——はい」

「お前だけ……なの……？」

「さようでございます。……何かお望みのものでも……」

当分は、カラム水でさえ、与えてはならぬと命じられている。

このあと、回復のための詳細なプログラムは、イェライシャからヴァレリウスにきっちりと与えられていた。まるで、もう一度この世に生まれ出、そして数日のあいだに、通常ならば何年もかかる経過をへて、赤児から幼子へ、そして子供へとしだいに成長してゆくことをおりかえす、そんな感じのするこまごまとした指示である。

「生と……死とは……そんなに、違うものではないのだろうか……」

かすかな——ほとんどうわごとのような、しかも耳をうんとそばだてていなくてはほとんどききとれぬような声であった。ナリスの目はまたとじている。

「ナリスさま……」

「まだ、生きている——そう、まだ……私は、死んでいたのだね……本当に……」

「……」

「だがそれをいうのなら……これが死、というものの本体なのだったら……私はこれまでにいくたび……死んだか、わからない……そして、夜毎に死んでは、またよみがえる……」

「ナリスさま……まだ、ご無理がききません。——あまり、お口をおききになりませぬよう……」

「ああ——なんだかたくさん夢をみていたような気もするし——あの夢のほうが、本当の生だったのではなかったかという気もする……どれがうつつで、どれがまことで、どれが夢と……決めるのは誰なんだろう？——どれが生で、どれが死だと……」

「ナリスさま。もうちょっと、おやすみになって……」

「ヴァレリウス」

　こんどは、ややはっきりした声だった。

「私は……リーナスのように……ゾンビーとなって……あやつられ、かりそめの……闇の生命で復活しているのでは——ないのだろうね……？」

「何をおっしゃいます」

　ヴァレリウスは驚愕した。が、かろうじて、大きくなりかける声をおさえる。

「何とおっしゃいました」

「わからなく……なってしまいそうだ。リーナスや……オヴィディウスと、どこが違うのかと……ベックも……本当に、ひとは……おのれの頭脳で考え、おのれで……行動しているのか……そして、ひとは本当に――生きていると思っていることと……本当に生きていることとは……」

声がとぎれた。

まだ、そんなふうにいろいろと脳をつかったりできるような状態ではまったくないはずだ。ナリスの目は大きくひらいていたが、もう何もうつしておらず、その顔はうつろに天井にむけられ、かれは目を開いたまま意識がまた失われていったようにみえた。

「ナリスさま。……」

ヴァレリウスは、そっと手をのばして、布団をかけなおしてやり、そのナリスの目を、まぶたをなでてとざさせた。そして、休めるよう、その目の上に、そっと黒いやわらかなびろうどの布をかぶせた。

そうしながら、奇妙なのしかかってくる思いにとらわれずにはいられなかった。そうして手をのばして目をとざしてやるしぐさは、あまりにも、死者にたいするとむらいのしぐさに似通いすぎている。

（ナリスさま……いまはもう、何もお考えにならず……）

それはまた、（自分も、いまはもう、何も考えまい……）という、おのれ自身に対するつぶやきでもあった。ヴァレリウスは、そっと、ナリスの冷たい手をとり、その手の甲にうやうやしくくちびるをおしつけ、その手を頬におしあて、そして布団のなかにもどした。

（おやすみなさい。――おやすみなさい、いまは。――いまだけなのですから。休息のときは、いまだけなのですから、あなたのようなかたにとっては――あなたという、不幸なやすらげぬ魂にとっては。また、明日になれば――浮世のありとあらゆる苦しみとなやみと苦難とが、あなたを待ち構えている――そしてあなたもまた、みずから好き好んでそれをまねきよせるように私には思える。だから、おやすみなさい――かりそめの死というかたちをとらなくてはあがなえなかったしばしの安息を、もっともっと……大切になさって……）

ナリスの胸が、かすかにだが、規則正しく上下しているのを、ヴァレリウスはそっと手をあてたしかめた。鼻の下に手をかざし、呼吸が続いていることも確かめる。

（ああ……）

ヴァレリウスは、くずれるように、ナリスのベッドの、枕もとの下の床にすわりこんだ。立っていられないほどの疲労がにわかに襲ってくるようだった。マルガにきてからは、それほど激務が続いているわけでもなかったから、おそらくは、それは、このわずかばかりのあいだの精神的緊張があまりに度はずれていたためだったのだろう。

外で、ヨナたちが案じながら待っていることも――さらにその外に、諸侯、武将たちがおろおろしながら知らせを待っていることもわかっていたが、からだがどうにもいうことをきかなかった。ヴァレリウスはふかふかしたじゅうたんの上にくずおれ、かたく目をとじて声もなくあえいだ。

（ナリスさま……）

いくたの奇怪な、また奇妙な——あるいは神聖な瞬間をこのあるじとともに経てきたけれども、これは、そのなかでさえ、そんなものがあろうと夢想さえもしたことのなかった、あまりにも奇妙で幻想的な瞬間に思われた。ヴァレリウスは、がっくりとこうべを垂れて、ただヤヌスに祈った。感謝なのか、何なのか、自分が何を祈っているのかさえわからず、ただ、おおいなるもの——あまりにも巨大な力のまえにすべてを投出し、ぬかづきたい心持だけが、しきりとヴァレリウスを浸していたのだった。

＊

クリスタル大公アルド・ナリスは復活した——それも、あらためて、カレニアを根拠とする、正当なるパロ聖王、アルド・ナリス一世として。

その宣言は、公式に、在マルガのパロ政府の発表として、できうるすべての方法によって布告された。さきに報告されたナリスの死はレムス一世の追撃を逃れ、カレニアに脱出するための策略として、魔道師たちによってなされた作戦であることが追記された。

この方法にスカールのごとく、必ずしも賛成でなかったり、首をかしげたり——あるいは一抹の疑惑を感じるものがないわけではなかったが、マルガとカレニア、サラミスは、『パロ聖王アルド・ナリス』の正式の誕生に熱狂した。また、この地方には、もとよりナリスの死の知らせも間接的にしか届けられず、直接にその死になまなましく接したわけではなかったゆえに、あくまでも（もしかして……？）という気持は、かなり強かったのである。なんといっても、ナリス——とその参謀がその手をつかうのは、これがはじめてのことではなかったからだ。

黒竜戦役のさいのパロ奪還のための佯死の作戦と、同じパロ国内の内乱でのこのような作戦は意味が違う——つまりは、黒竜戦役であればあざむかれるのはモンゴール軍であったが、今回は、同じパロ国民であったのだから——という異議をつぶやくものもいたが、クリスタルにあってさえも、「そんなことではないかと思っていた」という意見はさらに多かった。その意味では、それは、それほど意外性のある結果ではなかった。

アルド・ナリス自身は、かなりからだが弱っていることを理由に、まだ国民たちの前にすがたをあらわすことはできなかったが、かわりに、マルガから発せられた数々の布告が、次次に、この「新パロ」の誕生と確立にむかってナリス周辺が動き出しているさまを告げていた。新パロ政府の発足にともない、「宰相・ヴァレリウス伯爵　大総帥・ダルカン聖騎士侯　参謀長・ヨナ・ハンゼ博士」の顔ぶれが発表された。ダルカンの参加は、かなりうろんな印象をあたえる新パロに、非常に大きな力をあたえることになった。

そして、また、パロ聖王アルド・ナリスの名において、「聖王妃リンダ・アルディア・ジェイナ姫の即時釈放・返還要求」が旧パロ政府に対してつきつけられた。同時に、「カラヴィア公息アドリアン子爵解放」の要求、ならびに「クリスタル・パレスの正当なる支配者への返還」要求も。

次々と放たれる布告は、同時に正式の声明書として、中原及び沿海州、草原、その他の諸国にも届けられた。パロ魔道師ギルドはすでに正式にナリスのパロにつくことを表明しており、まだクリスタル・パレス内の魔道師の塔はひきはらってはおらぬし、それについては強力な自治のとりきめがあったゆえ、パレス内にあったところで旧政府からの介入はありえなかったが、魔道師たちの大部分はマルガに移動しており、それゆえ、その魔道師たちを伝令とするナリス政府の伝達網は通常よりもずっと早かった。それはおそらく、今後ともナリス・パロの最大の強みとなるのであろうと諸国列強にも感じさせた。

同時に、新政府はさらに嘆願書、声明文、意見書などを派手に送り出し、これまでにくりかえしてきた主張――アルド・ナリスこそ、直系の血をひく由緒正しい唯一のパロ聖王たるべき人物であり、弟王家による王位の簒奪の結果聖王位をついだレムス・アルドロス一世は正当ならざる王位簒奪者にほかならぬこと、また、その上にレムス王はキタイ王ヤンダル・ゾッグの侵略の手先として、すでにキタイの傀儡となり了せており、そのまま放置すればそれは中原の秩序そのものの根源をゆるがす大危機を招来するであろうという主張をさらに強い口調でくりかえしていた。そして、さまざまのヤンダル・ゾッグの存在の証拠、その野望、それがパロのみならず中原全体に虎視眈々と侵略の機会をうかがっているという見解が、強くアピールされた。

それらの声明書は、おおむねこのような要望で結ばれていた――「いまこそ、中原の危機にさいし、中原列強諸国は手を結びことにあたるべき時である。パロ聖王アルド・ナリスの名において、正当なるパロス王国は、諸外国君主のご理解とご支援、そしてご協力をお願い申上げる」と。

むろん、それに対してレムス政府も手をうってきた。おなじく声明書が各国にまわされ、アルド・ナリスはすでにクリスタル大公位も、また王位継承権も剝奪された罪人にほかならぬこと、リンダ大公妃のクリスタル・パレス滞在は監禁でも幽閉でもなく、リンダ大公妃が、簒奪者たる夫の行動に異議をとなえ弟のもとに避難したのであるにほかならぬこと、またアルド・ナリスのたびかさなる異端、そして違法の行動こそが中原とパロ王国内に危機を招いている——アルド・ナリス及びその煽動者であるヴァレリウス魔道師こそは、中原の危機の源である、というような主張が訴えられた。いまやひっきりなしに、魔道師も伝令も早馬も飛脚も、また密使も、次々とあらゆる宮廷間をとびかい、くりだされ、たえずさまざまな情報がぐるぐると中原じゅうをまわっていた。

そのなかで、やがて、ナリスがマルガで蘇生し、いまだ予後を養ってはいたがすでにパロ聖王を宣言して十日ばかりたったとき、レムス政府は正式に「アルド・ナリス追討」の宣旨を出し、アルド・ナリスを「国賊・パロの敵」として討伐の軍をおこす布告を発表した。アルド・ナリス追討軍の顔ぶれも、同時に発表された——ベック大総帥を総司令官とし、その下にダーヴァルス聖騎士侯、マルティニアス聖騎士侯の二人を副将とし、クリスタルに残された聖騎士団と国王騎士団、王宮騎士団のほぼ全部を動かす、四万に及ぶ大軍がその陣容であった。

それに対し、即座にアルド・ナリス政府はまた、「レムス王追放要求」をさきの要求リストに追加し、義勇軍をつのり、「パロの解放・キタイの陰謀からの奪還」をひろく民衆によびかけた。マルガとサラミス、カレニアからはかなりの数の応募者があったが、カレニアは、もうほぼすべての成年男子はとっくにカレニア騎士団に編入ずみであったから、人数的にはむろんさほど多いとはいえなかった。

同時にレムス政府は、「アルド・ナリスを聖王と認めず」「新パロ政府樹立を認めず」「アルド・ナリスを聖王として支持し、また新パロ政府を容認する者は、敵協力者として逮捕・処刑」するきびしい姿勢をあきらかにした。だが、クリスタルはこのころまでにはすでに、ナリス側への協力者はほとんどが、クリスタルをすて、マルガめざして脱出ないし出奔しており、これはそれほどもう意味をなさぬ規制であった。

最初に意外にもケイロニアが「アルド・ナリス聖王のパロ」を認める声明を発表し、世界じゅうをあっといわせた。他国内政不干渉主義を貫いてきたケイロニアが、豹頭王グインの即位により、これまでのその強烈な主義を変更するのかと世界は驚いたが、それにつづく声明は「ケイロニアは不干渉主義を当面維持」であった。が、ケイロニアによる「アルド・ナリス・パロ」認知の衝撃は、小さからぬものであったのは間違いなかった。

続いて、これは当然のことながらアグラーヤが「アルド・ナリスは王位簒奪者」との見解を明らかにした。沿海州会議は見解の一致に達しておらず、トラキアとイフリキアはアルド・ナリスに聖王即位祝賀の使者を送り込み、ヴァラキアは沈黙をたもち、ライゴールは「内乱に介入せず」との声明を発表した。また、草原諸国は、カウロスはレムス政府にくみし、トルースはナリス側にたつ言明を――それほど明快にではなかったが――出した。苦衷にたつアルゴスは、沈黙したままであったが、これは誰も不思議と思わなかった。アルゴスこそ、このさい、この内乱に対してもっともにがにがしく、苦しみにみちた立場にたつと思われる国にほかならなかったからである。

クムは静観のかまえであった。というよりも、もっともパロに近い隣国のひとつであるだけに、うかつに立場を表明して、まきこまれることをおそれているのが明らかであった。奇怪というか、少々ぶきみに思われたのは、ゴーラの沈黙であった。ゴーラ王イシュトヴァーンは、この世界に影響をあたえる事変に対して何も言明せず、もしかしたら若い簒奪者王である彼はこのような国際情勢にまったく馴れていず、どうしていいかわからぬのではないかと人々に噂させた。

ミロク教徒の町ヤガ、テッサラ、スリカクラムは、「戦い、まして同胞どうしの戦いはありうべからざる悲劇」であるという声涙ともに下る声明を両方の政府におくりつけた。

さらにはるかな国々は当時の情報事情では、これらの国際情勢に即時的に参加することは不可能であった。沿海州や草原、またそのほかの国々でも、けっこう、情報がとどき、そしてまたそれに対する返事がとどき、それが世界じゅうにゆきわたるには手間がかかった時代である。パロも、またグイン王の即位以来ケイロニアも、ゴーラもかなり情報網の整備に力をいれはじめたとはいえ、すべては伝聞や、魔道師の情報、またひとづてのうわさを頼るしかない状態であった。どこの国がどういう声明をした、ということは、パロからの魔道師による素速い伝達、伝令の報告が届かぬかぎり、お互いに知るすべはなかなかなかった。

だが、ただひとつのことは、もはや明らかであった。——それはすなわちこうであった。もはや、事態は内乱の域をこえた、という一事である。

それは、どこまで情報がゆきわたったか否かにかかわらず、世界じゅうの誰もにはっきりと、痛いほどに感じ取られたことであった。もう、これは、ひとりパロの——アルシス王家とアル・リース王家の遺恨にまつわる内乱、ただのお家騒動ではありえない。そのワクはすでに踏み越えられた。いまや、地上には、「二つのパロ」が誕生し、そしてその一方はまだいたっておぼつかぬ、政府のかたちさえもととのえておらぬものだったにせよ、すでに稼動しはじめようとしていた。そのなかで、もはや、レムス政府もまた、力づくでただ、「反乱軍」を制圧し、そのナリス側の主張を圧殺していればことがすむという段階ではなくなりつつあったのだ。それはむろん、参謀ヴァレリウスにとっては、最大のねらいどおりの——国王樹立と政府成立をいそぎにいそいだ最大のねらいどおりの結果でもあった。

新しい時代がこようとしている——中原に新旧二つのパロあり、そしてそれはいま、たがいに譲らぬ主張をもって激突しようとしている。黒竜戦役とも、ユラニア-ケイロニア戦役とも、まったく違う、世界じゅうをまきこむ大戦がおころうとしている——新しい戦乱の時代が幕をあけようとしているのだ。誰もが、少しでもものを見る目がある者であったら、誰もがそのことを感じた。

いよいよ、世界の歴史は、かつて誰も、どの国家も知らなかった、まったく新しい段階に突入しようとしていたのだ。

# あとがき

お待たせいたしました。でもないですが（笑）「グイン・サーガ」第七八巻「ルノリアの奇跡」をお届けいたします。

どうもこのタイトルでは今回久々に大変難儀しまして、といいますか困惑しまして（笑）「魔の聖域」「疑惑の月蝕」と続いてきたこのパロ内乱編のクライマックスというべき一冊として、「ルノリアの奇跡」というこのタイトルだけでもう、何もかもネタバレになってしまいそうな感じもするし、といってどうしてもこのタイトルにしたいというか、最初から浮かんでしまったのがこのタイトルだったので、私としてはまったくこれ以外のタイトルにすることは考えていなかったというか――

もともと、私は性格的にあんまりネタバレということに気にならない人間なので――といっても、まさに自分が読みかけている推理小説の犯人を無理やり云われたりするのは、ネタバレで不愉快というよりはむしろ、これはただの「イヤガラセだから頭にくる」というものであって、ネタバレだからどうこう、ということとは違うんじゃないかと思います。やみくもに先を知るのがなんでもイヤだということはない、むしろ、たとえ大筋がなんとなくわかっても、そのせいでどうこうということはない、「どうやってそうなるのか」ということに興味の本体がゆくタイプなので、あまりネタバレについては神経質にはならないできました。ただまあ、ちょっと前に早川書房のサイトでまだ出ていない巻の内容がまるわかりになってしまうような広告文が出て皆さんからの苦情が殺到したときには、さすがに参って、私のほうから申し入れて直してもらいましたが――

しかし、タイトルでいったら、そもそも「疑惑の月蝕」というタイトルからしてもう、あるていどラインはきまってるじゃないか、という気もするので……それに、まあかの源氏物語の光源氏死去の巻が「雲隠」という、タイトルのみしかない巻があった、というような逸話もありますし、タイトルというのはもともとあるていど内容をネタばらしするものであってもしかたないと思う、逆にボリス・ヴィアンみたいに「この本は北京とも秋ともまったく関係はない、だからあえて『北京の秋』というタイトルにした」なんていうとこれまた、かなり趣旨がいま自分のやっていることとは違ってしまうわけで――

と思いますので、私のほうはあまり気にならないので困ったな、と思ったのですが、まあ七七巻の帯にも七八巻の予告タイトルは出さない、というような処置を早川のほうでもしてくれたので、自分としてどうしてもこのタイトルにしたい、というのを優先することにしました。どちらにせよお読みになれば内容はわかるので、その前にそれがどちらの方向をむいているかわかっても、それほどお怒りにならないでいただけたらと思います。世の中まだほ

かにたくさん怒るべきことはあるんじゃないかと思うし（爆）

でもネタバレというといまでもなになんですけど、これはどこから出た本だったのかな、「アガサ・クリスティーの食卓」という、エッセイとレシピののっている本みたいなのがあって、これも早川だったのかなあ、これ読んだら、すごくたくさんミステリーのネタバレが出てきて、「なんぼなんでもこれはないんじゃないか」と思ってあわてて、最初の三分の一くらいで読むのを中止した記憶があったりしますが、あれもネタバレ気にしない、という読者のかたのみを対象とした本だったのか、著者のかたのところには、ミステリのネタバレについてのそういう文句とかはこなかったのか、あれはいまだにちょっと不思議な感じがします。ちゃんとしたルートで出版された本ですから、それが出るまでのあいだに編集者さんの目を通ってないということはありえないわけで、だから、あまり編集者のほうも「大したネタバレ」とは思わなかったから、それでいいや、ということになったのでしょうか。ネタバレというと、あの本を読んで以来いつもそれを思い出して玄妙な気分になります。

それからいくと、もうそもそもこうなることはあるていどおわかりだったんじゃないかと思うし、悪いほうじゃないから、逆に、ネタバレてほっとなさるかたもおいでになるんじゃないかと思ったりもするんですけどね……私としてはもう、これ以上延々とこのネタを引っ張っているのもイヤだったし、本当に書きたいところにいよいよ王手をかけた、という気分なんで、一刻も早くそちらにいきたかったということもあるし。

いずれにせよ、こまかな資料とか地図とかの面倒をみてくれてる某ＦＣ会長さんには「あっけない」といわれましたが、私にとってはもうこれが限界で、「これ以上この話で引っ張るのは限度」だという意識があったのは確かです。

サイトの「更新日記」でちょうど七八巻を書き終わったときに、ある手応えを感じたというか、やっとここにたどりつけてよかった、というような（いま、そのモト原稿を参照に開くのがいろいろと大変なんで（爆）うろ覚えで書いてるので、読まれたかたは全然違う印象だったと思われるかもしれませんが）ことを書いたことがありますが、うん、この、パロ内乱編の後半にいたってからずーっと私のほうはほんとにがけっぷちをかろうじてよろよろ歩いているようなすごく不安で気の立った状態で、そこへどんどんいろいろ云われたりするもので本当に自分を見失わずにいることが何よりも大変だったという感じが、七八を終わってはじめてわかりました。変な言い方ですが――「ああ、こんなに大変だったのか」とですね。そして、やっぱり、読者のかたにも、じっと見守っていて「あなたがやりたいことをやりなさいね」って云ってくださる――それがお心にそむ方向性であろうとなかろうとですね――やさしいかた、というかありがたい読者のかたと、そして一巻一巻、逆にいえばその分グインを愛してくださっているのかもしれませんが、こちらのそういうよろめきやたゆたいや不安を許してくれずにどかんどかん石を投げてくるかたとか、腐ったトマト投げてくるみたいなかたとか、いろんなタイプの読者さんがいるんだなあということも思いました。その石とかいろんなものを払いのけたり受け止めたり痛がったりしながら自分がその崖を抜け出て出たかった広いところへやっと出た、というのが、七八巻を書き終わったいまの心境です。考えてみると、相当長いことこの話（パロ内乱ですね）にかかわっていたわけなんで――いろいろとものすごく云いたいことはあるんですが、いまはもう、なんでもいいや、という気分です。とにかく自分の力で無事にその崖っぷちを通り抜けたのだし、それはもう自分でやるしかないことなんだから、といいましょうか。このあともずっと続いてゆくであろう、「グイン・サーガ」という物語――それにとっては、この数巻の大きなヤマ場も、大きなヤマ場ではあるけれども「ヤマ場のひとつ」にしかすぎなくて、これまでもいろいろなヤマ場が――ケイロニア編も終わったしむろんはるかはるかかなたに辺境編もモンゴール編もすぎてきて、いろいろな事件がおきてはよかれあしかれ終熄してゆき、それによって人々の運命は大きく動き――

まだ実際には、パロ内乱編は終わってるわけじゃあないんですが、でも一番しんどいところは抜けたな、という気がします。もっともそう思ってほっと肩の力を抜いたりすると、どかんといきなりまた大きな試練がきて「安心するな」といってくる、というのがこれまでの栗本薫のみならず中島梓にとってもの人生のありかただったような気もするのですが――

しかし、いろいろな意味でこのところの数巻は、自分にとってはいろいろな構造が見えてきたり、いろいろな難所を抜けられて、本当によかった、これからまた次のあらたな大波に立ち向かう力をつけてゆかなくてはな、というようなところだったと思います。その、とてもとても大変だったときに何が一番自分を支えてくれたかというと、ふしぎなことに、「グイン・サーガ」そのもの、でした。いつも、自分の書いたものを読んでみる、ということが一番私にとっては、自分がなにをしようとしているのか、たとえ誰に何をいわれても何を信じたらいいのかを教えてくれました。二十年間おのれが人生をかけて積み重ねてきたものを信じなくてどうする、ということですね。ひとが何をいおうとひとはひとでしかないんだし、読者は読者でしかないんですから。ほんっとにいまだにいろいろと云いたくてたまらないことが胸のなかにくすぶってますけどね。またけっこう云わなければ波紋を呼ばないようなことを、あえて云ってしまうのが私だと思うので……今一番云いたくて云いたくてたまらないのは、文章がどうのこうのという人に、なんでこう言い返さなかったんだろうな、という強烈なひとことがあるんですけどね、まあせっかく一段落したんでもう云いませんけどね。まだ、そうやって自制心が動き出す前の段階で言い返しておいてやればよかったなあー、と思う私はやはり相当に喧嘩が好きなんだと思います。でもまあもう本当にやめましょう。崖は抜けたんですから、またわざわざ引き返して、路肩を通ることもない。

五月には「グイン・サーガ・クロニクル」などというものも発売されるようです。私もよくイメージつかめなかったんですが、こないだ「ダ・ヴィンチ」誌でインタビュー受けたときに見本を見せてもらったら、これがけっこう豪華で「ふうーん」と思ってしまうような感じでした。それに、一巻以来のイラストが全部おさめられてるというのが、やっぱりあちこちみてみるとすごく懐かしかったり「ああ、あったあった」とかふしぎな感慨がありましたね。このイラストすごく好きだったんだなあーって思い出したり。今回はカラーものがないのが残念ですが、こういうものを作っていただけるくらいに、「グイン・サーガ」というものも巨大な山脈になってきたのかと思います。

サイトのほうもおかげさまで順調で、この本がお手元にとどくころにはすでにもう軽く十万アクセスは突破してるかと思います。よかったら一度のぞいてみて下さい。「新刊情報」だの、いろいろエッセイもふんだんにのってますので。

ということで恒例の読者プレゼントは、千綿由美さま、吉岡樹里様、川人典子様……以上三名のかたにさしあげます。

二月三月とひさびさに「月刊グイン・サーガ」をやりましたので、ちょっとだけお休みを下さい。といってもそう長くはあきませんけれども、体力をととのえ、体勢をたてなおして「グイン・サーガ」新世紀に入りたいと思います。でもこの巻のラストって、自分が「本当にやりたかったこと」に指さきをかけた、という感じがするのでちょっと感動してます。

あと二巻で八〇巻ですね。

二〇〇一年二月七日

神楽坂倶楽部のＵＲＬ

http://homepage2.nifty.com/kaguraclub/

天狼星通信ｏｎｌｉｎｅのＵＲＬ

http://member.nifty.ne.jp/tenro_tomokai/

# 栗本薫の作品

## 心《しん》中《じゅう》天《てんの》浦《うら》島《しま》

テオは17歳、アリスは5歳。異様な状況がもたらす悲恋の物語を描いた表題作他六篇収録

## セイレーン

歌と美貌で人々を狂気に駆りたてる歌手。未来へと続く魔女伝説を描く表題作他一篇収録

## 滅びの風

平和で幸福な生活。そこにいつのまにか忍びよる「静かな滅び」を描く表題作他四篇収録

## さらしなにっき

他愛ない想い出話だったはずが……少年時代の記憶に潜む恐怖を描いた表題作他七篇収録

谷　甲州／航空宇宙軍史

惑星CB-8越冬隊

惑星CB-8を救うべく、越冬隊は厳寒の大氷原を行く困難な旅に出る――本格冒険SF

仮装巡洋艦バシリスク

強大な戦力を誇る航空宇宙軍と外惑星反乱軍との熾烈な戦いを描く、人類の壮大な宇宙史

星の墓標

戦闘艦の制御装置に使われた人間やシャチの脳。彼らの怒りは、戦後四十年の今も……。

カリスト―開戦前夜―

二一世紀末、外惑星諸国は軍事同盟を締結した。今こそ独立を賭して地球と戦うべきか？

火星鉄道一九《マーシャン・レイルロード》

二一世紀末、外惑星連合はついに地球に宣戦布告した。星雲賞受賞の表題作他全七篇収録

ハヤカワ文庫

谷　甲州／航空宇宙軍史

エリヌス――戒厳令――

外惑星連合軍SPAは、天王星系エリヌスでクーデターを企てる。辺境攻防戦の行方は？

タナトス戦闘団

外惑星連合と地球の緊張高まるなか、連合軍は奇襲作戦のためスパイを月に送りこんだ。

巡洋艦《クルーザー》サラマンダー

外惑星連合が誇る唯一の正規巡洋艦サラマンダーと航空宇宙軍の熾烈な戦い。四篇収録。

最後の戦闘航海

外惑星連合と航空宇宙軍の闘いがついに終結。掃海艇に宇宙機雷処分の命が下されるが……。

終わりなき索敵　上下

第一次外惑星動乱終結から十一年後の異変を描く、航空宇宙軍史を集大成する一大巨篇！

ハヤカワ文庫

# 神林長平作品

## 戦闘妖精・雪風

未知の異星体に対峙する電子偵察機〈雪風〉と深井零中尉の孤独な戦い——星雲賞受賞作

## あなたの魂に安らぎあれ

火星を支配するアンドロイド社会で囁かれる終末予言とは⁉　記念すべきデビュー長篇。

## 狐と踊れ

未来社会の奇妙な人間模様を描いたSFコンテスト入選作ほか六篇を収録する第一作品集

## 言葉使い師

言語活動が禁止された無言世界を描く表題作ほか、神林SFの原点ともいえる六篇を収録

## 七胴落とし

大人になることはテレパシーの喪失を意味した——子供たちの焦燥と不安を描く青春SF

ハヤカワ文庫

## 神林長平作品

### 完璧な涙
感情のない少年と非情なる殺戮機械との時空を超えた戦い。その果てに待ち受けるのは？

### 今宵、銀河を杯にして
飲み助コンビが展開する抱腹絶倒の戦闘回避作戦を描く、ユニークきわまりない戦争ＳＦ

### 猶予の月 上下
時間のない世界を舞台に言葉・機械・人間を極限まで追究した、神林ＳＦの集大成的巨篇

### Ｕの世界
夢から覚めてもまた夢、現実はどこにある？果てしない悪夢の迷宮をたどる連作短篇集。

### 死して咲く花、実のある夢
人類存亡の鍵を握る猫を追って兵士たちは死後の世界へ。高度な死生観を展開する意欲作

# 神林長平作品

## 敵は海賊・海賊版

海賊課刑事ラテルとアプロが伝説の宇宙海賊匋冥に挑む！　傑作スペースオペラ第一作。

## 敵は海賊・猫たちの饗宴

海賊課をクビになったラテルらは、再就職先で仮想現実を現実化する装置に巻き込まれる

## 敵は海賊・海賊たちの憂鬱

ある政治家の護衛を担当したラテルらであったが、その背後には人知を超えた存在が……

## 敵は海賊・不敵な休暇

チーフ代理にされたラテルらをしりめに、人間の意識をあやつる特殊捜査官が匋冥に迫る

## 敵は海賊・海賊課の一日

アプロの六六六回目の誕生日に、不可思議な出来事が次々と……彼は時間を操作できる!?

ハヤカワ文庫

著者略歴　早稲田大学文学部卒
作家　著書『さらしなにっき』
『あなたとワルツを踊りたい』『魔
の聖域』『疑惑の月蝕』（以上早
川書房刊）他多数

HM = Hayakawa Mystery
SF = Science Fiction
JA = Japanese Author
NV = Novel
NF = Nonfiction
FT = Fantasy

グイン・サーガ⑱

# ルノリアの奇跡《きせき》

〈JA659〉

二〇〇一年三月　十　日　印刷
二〇〇一年三月十五日　発行
（定価はカバーに表示してあります）

著者　栗《くり》本《もと》薫《かおる》
発行者　早川浩
印刷者　大柴正明
発行所　株式会社　早川書房
郵便番号　一〇一 - 〇〇四六
東京都千代田区神田多町二ノ二
電話　〇三 - 三二五二 - 三一一一（大代表）
振替　〇〇一六〇 - 三 - 四七七九九
http://www.hayakawa-online.co.jp

乱丁・落丁本は小社制作部宛お送り下さい。
送料小社負担にてお取りかえいたします。

印刷・株式会社亨有堂印刷所　製本・大口製本印刷株式会社

ISBN4-15-030659-1 C0193